우리가 정말 알아야 할 우리 고전

심청전

우리가 정말 알아야 할 우리 고전
심청전

초판 1쇄 발행 | 2000년 11월 30일
초판 16쇄 발행 | 2021년 2월 10일

글 | 김성재
그림 | 김성민
펴낸이 | 조미현

펴낸곳 | (주)현암사
등록 | 1951년 12월 24일 · 제10-126호
주소 | 04029 서울 마포구 동교로12안길 35
전화번호 | 365-5051 · 팩스 | 313-2729
전자우편 | editor@hyeonamsa.com
홈페이지 | www.hyeonamsa.com

ISBN 978-89-323-1064-0 03810

우리가 정말 알아야 할 우리 고전

글 _ 김성재   그림 _ 김성민

심청전

G 현암사

"천 년이 지났으나 예스럽지 않다(歷千劫而不古)"는 말이 있다. 천 년이라는 긴 세월을 거쳤으면서도 여전히 새롭다는 뜻이리라. 오랜 세월을 거치는 동안 수많은 평가를 새로이 받으며 그 때마다 명작으로 인정받아 온 작품을 우리는 고전이라고 한다. 시대를 뛰어넘는 영원성, 옛 것이면서도 언제나 '현재'에 살아 있다는 것이 고전의 참다운 가치이다.

　문학은 시대와 사회와 개인의 삶을 총체적으로 비추어 주는 거울이다. 특히 고전 문학 작품은 인생과 세계에 대한 선인들의 치열한 경험과 진지한 사색의 결과물이다. 그러므로 우리는 이것을 통하여 바람직한 삶을 사는 지혜와 힘을 얻거나, 인간의 크고 작은 꿈을 들여다볼 수 있게 된다. 고전은 우리 삶의 길잡이이며 자양분이다. 바로 이것이 우리가 어린 시절부터 고전이 지성과 감성을 연마하는 한 방법이라고 배워 온 까닭이다.

　우리 나라 고전 문학 작품은 대개 신문화가 본격적으로 들어오기 전인 갑오경장 이전의 작품을 말한다. 비록 세계의 고전 문학 작품에 비하여 양적으로 그다지 많지 않고 형상화된 세계가 다양하지는 않지만 우리의 옛 시대 정신과 선인들의 삶의 훌륭한 결정체이다. 특히 '이야기책'이라고도 불리던 우리 고전 소설 속에 투영된 삶과 죽음, 사랑과 이별, 이런 것들이 주는 고통과 기쁨, 슬픔과 환희 그리고 유한한 인간으로서의 한계와 인간 사회가 주는 제약을 뛰어넘으려는 꿈은 어느 날 불쑥 생겨났거나 문명화되고 세계화된 오늘날 비로소 생겨난 것이 아니다. 오늘날의 문명화와 세계화는 오랜 세월 동안 도도히 흘러내려 온 한민족이라는 강줄기에 더해진 자극과 변화의 결과일 따름이다.

우리 고전을 재미있게 읽을 수 있는 가장 중요한 조건은 무엇보다도 우리가 한민족이라는 강줄기를 이루는 작은 물방울들이라는 데 있다. 우리는 누구나 문화 전통을 이루는 데 기여하고 누리며 전승하는 주체로서, 조상에게서 이미 우리만의 정서가 흐르는 피를 물려받았다. 열녀 춘향, 효녀 심청, 개혁 청년 홍길동, 이상적인 남성 양소유, 이들은 우리의 정신과 정서가 만들어 낸 인물들이다.

그런데도 고전 읽기가 즐겁지 않았던 데에는 정신에 앞서 표현의 문제가 크게 작용하였을 것으로 생각된다. 무엇보다 낯선 고사의 인용과 한문 어구의 빈번한 삽입, 익숙하지 않은 문어투와 내용 파악이 어려운 비문투성이의 긴 문장이 큰 원인이었다. 언어 문자는 정신과 문화의 소산이다. 언어는 시대의 변화에 따라 저절로 변하는 것이 그 본질이다. 그러나 우리의 언어 문자 변화에는 적지 않은 외적 요인이 작용하였다. 한글 창제 이전부터 보편적인 표기 수단이었던 한문자 사용의 오랜 전통과 습관, 신문화의 격랑과 함께 시작된 일제 36년 동안의 의도적인 우리말 말살 정책, 이에 더하여 해방 이후 오늘날까지 우리 사회를 온통 뒤덮은 영어 사용의 보편화 등등. 이로 말미암아 한글과 영어 시대를 사는 우리 젊은이에게 우리 고전은 무척 어렵고 낯설고 재미없는 것으로 인식되어 온 것이다.

작품은 작가가 창작한 원작 그 자체로 읽히고 평가되어야 한다. 그러나 그러한 원칙을 위하여 고전 작품 자체가 잊혀지거나 도서관 깊숙이 사장되어서는 안 된다. 학문 연구의 대상으로 상아탑 속에 안주하는 것도 바람직한 일이 아니다. 여기에 '원작에 대한 반역'이라고까지 이야기하는 '손질'을 감행할

오

수밖에 없었던 이유가 있다. 한문으로 된 문장은 우리말 글로 풀어 쓰고, 고사는 해설을 삽입하여 주석이 없이도 누구나 쉽게 읽을 수 있도록 하였다. 비문이나 번역투의 매끄럽지 못한 문장은 우리말 맞춤법에 맞추어 고쳐 써서 읽기 편하게 가다듬었다. 그리하여 옛 것, 어려운 것으로만 느껴지는 우리 고전 소설을 청소년을 비롯한 일반인 누구나 가까이 두고 즐겁게 읽을 수 있도록 하였다.

이 책이 우리 고전 소설 보급에 조금이나마 보탬이 되기를 바랄 따름이다.

2000년 10월
국문학자 김선아

가장 사랑받는 한국 소설

『심청전』은 한국 고전 소설 가운데 가장 널리 읽히며 사랑받아 온 작품의 하나이다. 그런 만큼 많은 이본(異本)이 있고, 판소리와 무가(巫歌), 창극 등으로 불리어지기도 했고, 개화기 이후에는 『강상련(江上蓮)』 같은 신소설로 다시 씌어지기도 했으며, 영어와 일본어, 한문으로 번역되기도 했다.

누구나 한 번쯤은 심청의 이야기를 들으며 자랐고, 어린이를 위해 동화로 고쳐 써진 『심청전』을 읽었으며, 드라마나 영화로 보기도 했다. 최근에는 오페라로 창작되어 외국에서까지 공연, 절찬을 받았다. 이처럼 『심청전』은 오래 전부터 우리 민족의 생활 속에 깊이 들어와 있는 우리의 이야기이다.

황주 도화동에 사는 맹인 심학규의 딸 심청은 일찍 어머니를 여의고 동냥과 품팔이로 눈먼 아버지를 정성스럽게 봉양하는 효녀이다. 어느 날 공양미 삼백 석을 부처님께 바치면 아버지가 눈을 뜰 수 있다는 말을 듣고 쌀을 마련할 길이 없어 고민하는데 마침 남경으로 장사 다니는 뱃사람들이 열다섯 살 된 처녀를 산다는 말을 듣는다. 심청이는 자기 몸을 팔아 공양미 삼백 석을 부처님께 바치고 자신은 제물이 되어 인당수에 빠진다. 그러나 옥황상제의 지시와 남해 용왕의 도움으로 연꽃에 실려 다시 세상으로 나와 황후가 되고, 아버지를 찾기 위해 나라 안 맹인을 전부 모아 맹인 잔치를 열어 아버지를 만난다. 잃었던 딸을 찾은 기쁨에 심학규는 눈을 뜨고 심청과 황제의 지극한 보살핌 속에 부귀영화를 누리다가 세상을 하직한다.

이런 줄거리로 되어 있는 『심청전』은 옛날부터 내려오는 몇 가지 설화가 이야기 형식으로 꾸며져 입에서 입으로 전해오다가 판소리에 채택되고, 임진왜란과 병자호란 이후 소설로 정착되었다는 것이 일반적인 견해이다. 판소리로도 불리어지고 소설로도 읽히는 작품을 판소리계 소설이라고 하는데, 『심청전』은 『춘향전』과 함께 판소리계 소설 중에서 가장 대표적인 작품으로 꼽힌다.

여러 판본의 『심청전』

소설 『심청전』은 목판본, 필사본, 활자본 등 여러 형태의 이본으로 전해 온다.

목판본은 방각본(傍刻本)이라고도 하는데, 서울에서 만든 경판(京板)과 전북 전주에서 만든 완판(完板) 그리고 경기도 안성에서 만든 안성판(安城板)이 포함된다. 지금까지 전해 오는 것으로는 경판 4종, 완판 6종, 안성판 1종이 있다. 전체 줄거리에는 차이가 없으나 장면의 세부 묘사나 주인공의 성격 묘사 등에서 약간의 차이가 있다.

특히 목판본 중에서 대표적으로 꼽히는 경판계와 완판계 사이에는 몇 가지 뚜렷한 차이가 있는데 소개하면 다음과 같다.

먼저 작품의 배경이 '송나라 말년 황주 도화동'(완판)과 '대명 성화 연간 남군 땅'(경판)으로 다르다. 심청의 부모 이름이 완판에는 심학규와 곽씨 부인으로 되어 있는데, 경판에는 심현과 부인 정씨이며, 완판에는 심청이 태어난 지 7일 만에 어머니가 죽으나 경판에는 세 살 때 죽는 것으로 되어 있다. 또 완판에는 심학규가 스무 살이 되기 전에 눈이 멀었으나 경판에는 부인이 죽은 후 너무 심하게 운 나머지 눈이 멀었다고 했다. 그 밖에도 뱃사람들이 심청이가 요구한 공양미 삼백 석 외에 남은 심청의 아버지를 위해 덤으로 준 재물의

종류와 양이 다르고 심 봉사가 재혼하는 시기도 맹인 잔치에 가는 도중(완판)과 맹인 잔치 후(경판)로 다르게 되어 있다. 심청이를 도와 주는 장 승상 부인과 심청이 인당수로 떠난 뒤 심 봉사의 재물을 탕진하는 뺑덕 어미는 완판에만 등장하는 인물이다.

필사본에는 모두 10여 종류가 있는데, 대부분 완판의 줄거리를 따르고 있고, 판소리 사설을 옮겨 쓴 것도 있다. 활자본에도 10여 종류가 있는데, 대부분 완판의 내용을 토대로 이해조가 고쳐 쓴 『강상련』을 따르고 있으며, 경판을 따른 것도 있다.

이 책은 많은 이본 중에서 상하로 나누어 모두 71장으로 되어 있는 완판을 토대로 했다. 여러 이본 중에서 이 71장본의 내용이 가장 흥미롭고 다채로울 뿐 아니라 목동의 노래와 방아 찧는 노래 같은 잔사설이 있어 서민의 생활을 엿보게 하며, 고사 성어와 한시 등이 풍부하게 포함되어 있어 지적인 흥미를 더한다.

효녀 심청의 새 모습

『심청전』의 주제를 말하라면 깊이 생각할 새도 없이 '효도'를 내세운다. 거기에 이의를 다는 사람은 아무도 없을 것이다.

『심청전』은 분명 아버지에 대한 심청의 지극한 효성을 그리고 있다. 눈먼 아버지를 위해 동냥 같은 천한 일을 마다하지 않았고, 끝내는 자기 몸을 죽음에 빠뜨리기까지 하는 심청의 행동은 현대인의 의식으로 볼 때 어리석은 것일 수도 있겠으나, 그 지극한 희생은 한편 숙연하기까지 하다.

학자에 따라 『심청전』의 주제를 한 인간의 희생과 그것이 지니는 의미와 가치의 구현이라고 보는 사람도 있다. 그러나 그 희생은 효에서 출발했으니 역시 '효'라는 큰 주제를 보완하는 것은 될지언정 효를 부정할 수 있는 새로운 시각은 아니다. 그러므로 우리는 심청이 소설 속의 인물임에도 흡사 실존 인물이었던 양, 효도를 말할 때면 으레 심청을 떠올린다.

오랫동안 우리 생활의 큰 규범이 되어 온 유교적 윤리관에서 볼 때 효는 모든 선행의 기본이고 사회 질서를 유지하는 출발점이다. 그러므로 심청은 전통 사회에서 많은 사람의 공감을 받았고, 거기에 아버지의 신체 장애와 어머니 없는 결손 가정이라는 어려움을 극복하고 끝내 황후로 극적인 신분 상승을 이루는 점에서 암울한 현실 속에 있는 독자에게 대리 만족의 기쁨을 제공한다.

하지만 소설 속 심청의 모습을 효녀라는 한 가지로만 단정하는 것이 과연 온당한 평가인지에 의문을 제기하고 싶다.

우선 심청의 환경을 객관적으로 생각해 보자. 한 인간으로서 심청은 더할 수 없이 불행한 환경에 처했다. 홀로 된 눈먼 아버지, 하루라도 구걸을 하지 않으면 끼니조차 이을 수 없는 가난한 살림살이, 게다가 의지할 수 있는 친척 한 사람도 없는 외로운 처지이다.

보통의 경우라면 이런 환경에서 어린 소녀가 할 수 있는 일이란 비관하고 낙담하는 것이 고작일 것이다. 지금이라면 일찌감치 가출을 하거나 불량 소녀의 대열에 들어서기 꼭 알맞은 환경에서 심청은 자랐다.

그런데 심청은 초라한 환경에 낙담하거나 비관하지 않고 꿋꿋하게 자신이 할 수 있는 일을 찾아 나선다. 가난하고 어려운 현실에 눈물 흘리는 가녀린 소녀가 아니다. 일곱 살 때는 구걸을 하고, 더 나이가 들어서는 삯바느

질을 해서 생활을 이어 나가는 강인한 여성상을 보여 준다. '공양미 삼백 석'
이라는 천문학적인 재물에 아버지가 한탄하며 눈물 흘릴 때 심청은 자기 몸을
팔아서 그것을 마련할 방법을 찾아낸다.

여기서 볼 수 있는 심청의 모습은 현실에 능동적으로 대처하며 적극적으로
현실 속에 뛰어드는, '행동하는 인물'이다. 황후가 되어 아버지를 찾는 과정
에서도 황제는 심청이 살던 고을에 지시를 내려 심청의 아버지가 마을을 떠났
다는 사실을 알고는 언젠가는 만날 수 있으리라는 막연한 약속을 할 뿐이다.
'맹인 잔치'라는 적극적인 방법을 찾아낸 것은 심청이다.

이처럼 심청은 자신에게 주어진 현실을 거부하거나 비관하는 부정적이고
나약한 인물이 아니다. 우리 고전 소설의 공통된 주제로 흔히 권선징악(勸善
懲惡)을 꼽는다. 그것을 표현하는 방법에서 착한 사람이 복을 받고 나쁜 사람
이 벌을 받는 줄거리를 거의 공식적으로 발견할 수 있다. 『심청전』에서도 착
한 심청이 큰 복을 받는다. 그러나 심청이 받은 복은 그저 착하기만 하거나,
정화수 떠 놓고 하늘에 빌어서 얻은 복이 아니다. 스스로의 노력과 지혜로 쟁
취한 복이라 해야 할 것이다.

이제 『심청전』을 새롭게 고쳐 읽으면서 지금까지 상투적으로 생각해 온
'효녀 심청'의 모습에서 한 걸음 나아가 '새로운 한국의 여성상'을 발견할 수
있기를 기대한다. 남성 중심의 사회에서 담장 너머 목소리가 새나가지 않도록
조신하게 순종하는 여성이 아니라, 강인한 생명력과 적극적인 행동으로 자신
의 운명을 개척해 가는 심청의 모습을 말이다. 그런 의미에서 완판 『심청전』
의 끝 구절이 '흥진비래 고진감래(興盡悲來苦盡甘來)'로 맺어지는 것은 많은
생각을 하게 한다.

『심청전』을 새롭게 고쳐 쓰면서

참으로 이율 배반적인 일은 모두가 아는 이야기 『심청전』을 소설로서 끝까지 읽어 본 사람이 드물다는 사실이다. 더욱이 안타까운 일은 대표적인 한국 고전 소설로 손꼽히는 작품이면서 보통 사람이 쉽게 읽을 수 있는 『심청전』이 없다는 사실이다.

중학교 1학년 교과서에는 경판본 『심청전』 중 심청이 뱃사람들에게 팔려 집을 떠나는 부분이 실려 있다. 그런데 내용을 자세히 읽어 보면 과연 중학교 1학년 학생이 그것을 읽고 이해할 수 있을까 의심스럽기 그지없다. 지금은 쓰이지 않는 낯선 단어와 한자어가 표기법과 띄어쓰기만 지금의 규정으로 바뀌어 실려 있다. 대학의 국어국문학과나 국어교육학과를 졸업한 선생들도 사전과 참고서를 보지 않고는 뜻을 알 수 없는 단어가 너무 많다. 1500년대 영국에서 씌어진 셰익스피어의 작품들은 알기 쉬운 현대 우리말로 버젓이 번역이 되어 있는데도 말이다.

이것이 우리 고전 소설의 현주소인 것 같다. 지금 남아 있는 『심청전』 목판본은 18세기 후반에 만들어진 것이다. 그러므로 당시에 사용하던 문장(그것도 당시 사람들이 쉽게 사용한 입말은 아니었으리라고 생각된다)과 그 때의 활자로 되어 있다. 뜻을 알기 전에 글자를 알아보는 데만도 훈련이 필요하므로 일반인이 그 책을 그대로 읽을 수는 없다. 쉽게 읽으려면 현대어로 옮겨야 하는데, 현대어로 옮겨 나온 책들도 표기법과 띄어쓰기만 고쳤을 뿐이므로 읽고 이해하기는 쉽지 않다.

우리가 고전 소설을 읽고 또 교과서에까지 수록하여 배우고 가르치는 목적이 지금은 쓰지 않는 옛 낱말이나 어려운 한자말을 배우는 데 있지는 않을 것이다. 물론 『심청전』의 문장은 거의 운문에 가까운 리듬이 살아 있어 요즘 청소년 사이에 유행하는 랩 가락을 붙이면 그대로 노래가 될 듯한 흥을 느낄 수 있다. 또 우리가 생활 속에서 쉽게 사용하지 않는 순우리말, 특히 의성어와 의태어가 다양하게 나와 우리말을 새롭게 발견하는 기쁨도 있다.

그러나 문장이나 낱말을 새롭게 느끼고 발견하는 것이 소설을 읽는 이유는 아닐 것이다. 사람에 따라 생각이 다르겠지만 내 경우 소설을 읽는 가장 큰 이유는 재미있기 때문이다. 모든 책 중에서 가장 재미있는 책으로 소설을 꼽는 데 나는 주저하지 않는다.

문학적인 혹은 민족 문화적인 의미와 가치 이전에 『심청전』을 한 편의 소설로 끝까지 읽을 수 있게 하려는 것이 이 작업의 목적이다. 그러므로 판소리계 소설의 큰 특징인 문장의 리듬을 살리면서도, 한글을 아는 사람이면 읽고 바로 이해할 수 있도록 쉬운 말로 바꾸는 데 최대한 힘을 기울였다.

소설을 읽으면서 내용을 음미하기 위해서가 아니라 단어의 뜻을 이해하지 못해 읽기를 멈추어야 한다면 소설 읽기는 즐거움이 아니라 귀찮은 숙제가 되고 말 것이다. 이 작업을 통해 『심청전』을 한 편의 소설로 편하게 읽어 내려가는 즐거움을 많은 사람과 나누고 싶다. 작품의 주제나 가치, 그 밖의 다른 여러 가지 생각 나누기는 책의 마지막 장을 덮은 다음에 해도 늦지 않을 것이다.

2000년 10월
김성재

송나라 말년 황주 도화동에 심학규라는 사람이 살았다. 대대로 높은 벼슬을 지낸 양반 가문의 자손으로 일찍부터 빼어난 글재주로 이름을 널리 알렸다.

그런데 집안이 점점 기울기 시작하고 심학규 스물이 되기 전에 눈마저 멀고 말았다. 이로써 벼슬길이 끊어지고 집안은 더욱 몰락하였으니 심학규 신세 처량하기 그지없다. 앞을 못 보는데다 멀고 가까운 친척조차 없으니 대접받기 어려운 처지나 양반의 후예로 행실이 청렴하고 지조가 굳어 사람마다 군자라고 칭찬한다.

부인 곽씨 어질고 현명하여 태임·태사* 같은 덕행과 장강*의 아름다움과 목란* 같은 절개를 고루 갖추고, 『예기(禮記)』, 『가례(家禮)』「내칙편」*과 「주남(周南)」「소남(昭南)」관저시*를 두루 익혀 모르는 것이 없다. 곽씨 부인 행실이 한 군데도 버릴 데가 없으니 마을 사람과 화목하고 아랫사람에게 너그러우며 집안 살림 갈무리가 알뜰하고 야무지다.

그러나 살림은 너무도 가난하여 한끼 양식을 쌓아 둘 형편이 아니어서 아침 먹고 돌아서면 저녁 끼니가 걱정이다. 물려받은 생업이 없고 논밭 한 평 없는데다 노비조차 없으니 어질고 가련한 곽씨 부인이 삯바느질, 삯길쌈, 좋고 궂은 대소사에 음식 차리기 등 갖은 품을 팔아 살림을 꾸려 간다.

관대 도포 행의 창의 직령 협수 쾌자 중치막과 남녀 의복 잔누비질 상침질 외올뜨기 곧추누비 솔올이기 온갖 삯바느질을 맡

태임(太姙)·태사(太姒) 중국 고대 성왕으로 불리는 주나라 문왕의 어머니(태임)와 아내(태사). 홀륭한 덕을 갖추어 여인의 본보기가 되는 인물로 두 사람을 합하여 임사라고 하며, 우리 나라 고전 소설에서 흔히 여인의 덕을 상징하는 인물로 자주 인용된다.

장강(莊姜) 중국 춘추 시대 위나라 장공의 아내로 성은 강(姜). 매우 아름다웠으나 아이를 낳지 못했다.

목란(木蘭) 중국 양(梁)나라 때의 효녀. 아버지를 대신하여 남장을 하고 전쟁에 나가 큰 공을 세웠다.

내칙편(內則篇) 예절 규범을 기록한 『예기』의 한 부분으로 여성이 지켜야 할 예절을 모아 놓았다.

관저시(關雎詩) 『시경(詩經)』 「주남편」의 첫째 장 이름으로 부부의 금슬을 노래했다.

아 하고, 빨래하여 풀먹이기, 여름철 의복인 한삼 고의 손질과, 망건 꾸미기 갓 끈 접기 배자 단추 토시 버선 행전 주머니 쌈지 대님 허리띠 약주머니 볼끼 휘 양 복건 풍채 처네, 갖은 금침 베갯모에 쌍원앙 수놓기며, 오사모 사각대 흉배 에 학 놓기와 초상난 집 원삼 제복 만들기를 가릴 것 없이 맡아 한다. 길쌈 솜씨 도 뛰어나니 선주 궁초 공단 수주 남능 갑사 운문 토주 분주 명주 생초 통견이며 북포 황저포 춘포 문포 계추리며, 삼베 백저 극상 세목 짜기 하루도 쉴 틈이 없 다. 혼례와 초상 같은 큰 일 음식 만들기도 곽씨 부인 차지다. 박산 과줄 신선로 며 잔칫상에 놓을 종이연꽃 접기, 과일 고이기, 모양 내어 잔칫상 차리기, 청홍 황백 염색하기를 일년 삼백육십오일 하루 반때도 놀지 않고 손톱발톱 잦아지게 품을 팔아 한 푼 두 푼 늘려 나간다.

  푼을 모아 돈이 되면 돈을 모아 냥을 만들어 착실한 사람에게 빌려 주고 실수 없이 이자 받아들여 살림을 꾸린다. 철마다 돌아오는 제사를 정갈하게 모시고 앞 못 보는 남편 위해 사철 옷가지 때맞추어 마련하고 아침 저녁 입에 맞는 반 찬으로 비위 맞춰 받들기를 한결같이 하니 온 동네 사람이 곽씨 부인 음전하다 고 칭찬이 자자하다.

  하루는 심 봉사가 가만히 부른다.

  "여보, 마누라."

  "예."

  "사람이 세상에 태어날 때 부부 인연이야 누구나 타고나려니와, 나는 전생에 무슨 은혜로 부인과 부부 되었는지 모르겠소. 앞 못 보는 나를 위해 한시 반때 도 놀지 않고 밤낮으로 벌어다가 어린아이 돌보듯이 돌보는구려. 행여 배고플 까 행여 추울까 옷가지며 음식을 때맞추어 극진히 챙겨 주니 나는 편하지마는 마누라 고생하는 일이 마음 아프구려. 이제부터는 나에게 너무 마음 쓰지 말고 사는 대로 살아갑시다. 한 가지 마음에 걸리는 것이 있구려. 우리 나이 이미 마혼인데 슬하에 자식 하나가 없으니 그것만이 걱정이오. 조상의 제사가 끊어지게 생겼으니 죽어 저승에 간들 무슨 낯으로 조상을 대하며, 우리 부부 앞날을 생각해도 그렇구려. 우리가 죽고 나면 초상은 누가 치러 주며 해마다 돌아오는 제삿날에는 밥 한 그릇 물 한 그릇인들 누가 있어 챙기겠소. 명산대찰에 공을 들여 다행히 아들이건 딸이건 눈먼 자식이라도 하나 얻으면 평생의 한을 풀 테니 한번 정성들여 빌어 봅시다."

곽씨 부인이 조용히 대답한다.

"옛 글에 이르기를 삼천 가지 불효 중에 자식 못 낳는 것이 첫째라 하였습니다. 우리가 자식 없는 것은 모두 제 죄악이라, 마땅히 내칠 만한 허물이로되 당신의 넓으신 도량으로 지금까지 보존하였습니다. 자식 두고 싶은 마음이야 밤낮으로 간절하여 몸을 팔고 뼈를 간들 못 할 일이 무엇이겠습니까만, 살림은 어렵고 당신의 곧으신 성품에 어찌 생각하실까 두려워 말씀을 못 드렸는데, 먼저 그리 말씀하시니 정성껏 공을 드리겠습니다."

그 날부터 품 팔아 모은 돈으로 온갖 공을 다 들인다.

이름난 산, 큰 절, 효험이 있다는 당집*과 사당, 서낭당에도 빠짐없이 공을 바치고, 부처님 보살님 미륵님전 불공과 칠성불공 나한불공 제석불공 신중맞이 노구맞이 탁의시주 인등시주 창호시주 골고루 다 바친다. 집에 있는 날은 조왕 성주 지신제를 극진히 바치며 오직 자식 하나 점지하기를 정성으로 빌었다. 온갖 정성을 다 바치니 공든 탑이 무너지며 심은 나무가 꺾일까. 갑자년 사월 초파일에 예사롭지 않은 꿈을 얻는다.

상서로운 기운이 하늘에 가득하고 오색 무지개가 영롱한데 한 선녀가 학을 타고 하늘에서 내려온다. 몸에는 고운 빛깔 옷을 입고 머리에는 화관을 썼다. 노리개 느직이 차고 구슬 소리도 쟁쟁한데 계

* 당집 서낭당이나 국사당 같은 신을 위해 두는 집. 무당이 경을 읽기도 하고 제사도 지냄.

수나무 가지 하나 손에 들고 부인 앞에 와 공손히 절하고 옆에 와 앉는다. 맵시 두렷한 달 기운이 품안에 드는 듯하고 남해 관음이 바다에서 다시 돋는 듯하다. 몸과 마음이 다 황홀하여 진정하기 어려운데 선녀가 말한다.

"저는 서왕모* 딸인데 천 년에 한 번 열리는 반도*를 진상하러 가는 길에 옥진비자(玉眞婢子)를 만나 놀다가 그만 시간이 늦었습니다. 이 일로 옥황상제께 죄를 지어 인간 세상에 내쳐졌습니다. 갈 곳을 몰라 헤매는데 태항산 노군*과 후토 부인*, 여러 보살님과 석가여래님이 이 댁으로 가라 하시기에 왔사오니 어여삐 여겨 받아 주시옵소서."

한다. 선녀가 말을 마치고 품안으로 뛰어드는 바람에 놀라서 깨 보니 한바탕 꿈이다. 곽씨 부인이 바로 심 봉사를 깨워 꿈 이야기를 하니 둘의 꿈이 꼭 같다.

그 날 밤 어찌하였든지, 과연 그 달부터 태기가 있다. 곽씨 부인 어진 마음에 몸가짐을 정갈히 하며 예법대로 태교를 한다. 바른 자리가 아니면 앉지 않고, 바르게 자른 음식이 아니면 먹지 않으며, 귀로는 나쁜 말을 듣지 않고, 눈으로는 나쁜 것을 보지 않고, 서고 앉고 눕는 모든 일에 조심하며 열 달이 찼다. 하루는 아이를 낳을 기미가 있다.

"애고 배야, 애고 허리야."

심 봉사 한편 반갑고 한편 놀라 짚 한 줌 깨끗이 추려내어 정화수 한 사발을 소반*에 받쳐 놓고 단정히 꿇어앉아 삼신께 빈다.

"비나이다 비나이다. 삼신제왕전에 비나이다. 곽씨 부인 노산이오매 헌 치마에 외씨 빠지듯 순산하게 하여 주옵소서."

비는데, 한순간 방안에 향기가 가득하고 오색

서왕모(西王母) 중국 전설에 나오는 선녀. 성은 양(楊), 이름은 회(回)라고 전해지며 곤륜산에 산다고 한다.

반도(蟠桃) 전설에 나오는 신령스러운 복숭아. 삼천 년에 한번 열매를 맺는데, 반도가 익을 때마다 서왕모가 잔치를 벌인다고 한다.

노군(老君) 노자를 도교에서 높여 부르는 말.

후토 부인(后土夫人) 땅을 지키는 여신.

소반(小盤) 작은 밥상.

안개 어리더니 어리둥절하는 사이에 아기가 태어났다. 과연 딸이다. 심 봉사 삼을 갈라 아기를 뉘어 놓고 뿌듯한 마음으로 기뻐하는데, 곽씨 부인 정신 차려 묻는다.

"여보시오, 봉사님. 아들이오 딸이오?"

심 봉사 크게 웃으며 말한다.

"아기 샅을 만져 보니 손이 나룻배 지나듯 거침없이 지나가니 아마도 묵은 조개가 햇조개 낳았나 보오."

"애고, 정성 들여 늘그막에 얻은 자식이 딸이라니 웬말이오?"

곽씨 부인 서러워하는 말에 심 봉사 대답한다.

"마누라 그런 말 마오. 첫째는 순산이요, 딸이라도 잘 두면 어느 아들과 바꾸겠소. 우리 이 딸 고이 길러 예절부터 가르치고 바느질 길쌈 두루 익히게 하여 요조숙녀 만들어서 좋은 배필 짝지어 줍시다. 금슬 좋은 부부 자식 많이 낳으면 외손에게라도 제사 잇게 하면 되오."

위로한 뒤 첫국밥 얼른 지어 삼신상*에 받쳐 놓고 옷매무새 바로 하고 두 손 모아 빈다.

"비나이다 비나이다. 삼십삼천 도솔천 제석전에 발원하옵니다. 삼신제왕님 네 뜻을 모으고 마음을 합하시어 다 굽어보옵소서. 사십 넘어 점지한 자식 한두 달에 이슬 맺고 석 달에 피 어리고 넉 달에 사람 모양 갖추고 다섯 달에 피부 생기고 여섯 달에 정기 받고 일곱 달에 골격 생겨 사만 팔천 털이 나고 금강문 해탈문 고이 열어 순산하오니 모두 삼신님네 덕이옵니다. 다만 무남독녀 딸이오나 동방삭*의 명을 주고 태임의 덕행과 대순* 증삼* 효행이며 반희*의 재주를 주며, 복은 석숭*의 복을 점지하고, 외 붓듯 달 붓듯 날로 달로 무럭무럭 자라게 하여 주옵소서."

빌기를 마친 심 봉사가 더운 국밥 퍼다 놓고 산모에게 먹인 후 혼잣말로 아기를 어른다.

"금자동아 옥자동아 어허 간간 내 딸이야. 표진강 숙향이가 네가 되어 환생하였느냐, 은하수 직녀성이 네가 되어 내려왔느냐. 논밭을 장만한들 이보다 더 반가우며 산호 진주 얻었다고 이에서 더 즐거울까. 어디 갔다 이제 와 생겼느냐."

이렇듯 즐기는데 뜻밖에도 곽씨 부인이 병이 났다. 어질고 음전한 곽씨 부인 아기 낳고 이레가 채 못 가서 바깥 바람을 너무 쐬어 병이 난 것이다.

"애고 배야, 애고 머리야, 애고 가슴이야, 애고 다리야."

어디라고 할 것 없이 온몸이 아프다. 심 봉사 기가 막혀 아픈 데를 두루 만지며 안타깝게 묻는다.

"정신 차려 말을 하오. 체하였는가, 삼신님네 탈이 났는가?"

병세가 점점 심해지니 심 봉사 겁을 내어 건너 마을 성 생원을 모셔다가 맥을 짚은 후에 약을 쓴다. 천문동 맥문동 반사 진피 계피 백복령 소엽 방풍 시호 계지 행인 도인 신농씨* 정성으로 온갖 약을 다 써 보지만 죽을 병에 약이 들을 리 없다. 병세가 점점 심해져서 하릴없이 죽을 지경인데 곽씨 부인도 자신이 살지 못할 줄을 짐작하고 남편의 손을 잡고

삼신상(三神床) 조상에게 제사를 지내는 상. 삼신은 조상으로, 태어날 자손을 보살펴 준다고 함.

동방삭(東方朔) 중국 전한 때 사람으로 글을 잘하고 해학이 뛰어나 무제의 총애를 받았다. 오래 산 것으로 이름이 났는데 삼천갑자를 살았다고 한다.

대순(大舜) 중국 고대의 뛰어난 임금인 순임금을 높여서 부르는 말. 순임금은 중국 역사에서 가장 효성이 뛰어난 사람으로 불린다.

증삼(曾參) 공자의 제자로 증자라고 불린다. 효성이 지극했다.

반희(班姬) 중국 한때 여자로 「한서(漢書)」를 쓴 반고(班固)의 여동생. 문장과 재주가 뛰어났으며, 반고가 한서를 쓰다가 마치지 못하고 죽자 나머지를 완성했다고 한다.

석숭(石崇) 중국 진(晋)나라 때 사람으로 재산이 많아서 부자의 대명사로 불린다.

신농씨(神農氏) 중국 고대 전설에 나오는 삼황오제의 한 사람으로 농사와 의술을 주관한다. 여러 풀을 직접 맛보고 약초와 독초를 가려 내어 약을 지었다고 한다.

부른다.

"봉사님."

부른 뒤 '후유 ─' 한숨 길게 쉬고 말을 잇는다.

"우리 둘이 만나 백년해로하려 하고, 가난한 살림살이 앞 못 보는 가장 조금만 소홀히 하면 노여움 타기 쉽기로 아무쪼록 뜻을 받아 공경하였습니다. 춥고 덥고 바람 불고 비 오는 날 가리지 않고 이 동네 저 마을 품을 팔아 밥도 받고 반찬도 얻어서 식은밥은 내가 먹고 더운밥은 당신 드려 배 고프지 않게 춥지 않게 극진히 받들었는데, 내 명이 이뿐인지 우리 인연이 다하였는지 이제는 하릴없소. 눈을 어찌 감고 갈꼬. 누가 있어 헌 옷 기워 주며 누가 있어 맛난 음식 권하겠소. 내가 한 번 죽고 나면 눈 어두운 봉사님 친척 하나 없는 외로운 몸 의지할 곳 없으니 바가지 손에 들고 지팡 막대 부여잡고 때맞추어 나가다가 구렁에도 빠지고 돌에도 채여 엎어져서 신세 한탄하며 우는 모습 눈으로 보는 듯하고, 이 집 저 집 찾아가서 밥 달라는 슬픈 소리 귀에 쟁쟁하게 들리는 듯합니다. 죽은 후 혼백인들 차마 어찌 듣고 보리. 명산대찰 정성 들여 사십에 낳은 자식 젖 한 번 못 먹이고 얼굴도 채 못 보고 죽는단 말인가. 전생에 무슨 죄로 이생에 태어나서 어미 없는 어린것이 뉘 젖 먹고 자라나며 봉사님 한 몸도 주체 못 하는데 또 저것을 어찌하며 그 모양이 어떠할까. 멀고 먼 황천길에 눈물겨워 어찌 가며 앞이 막혀 어찌 갈까."

남겨질 봉사 남편과 어린 딸의 신세를 생각하며 한바탕 서러운 마음을 풀어 놓은 곽씨 부인 자기 죽은 다음 가름할 일을 차근차근 일러 준다.

"저 건너 이 동지 집에 돈 열 냥 맡겼으니 그 돈 찾아다가 초상에 보태어 쓰고, 도장 안에 있는 양식 아이 낳고 먹으려고 두었으나 다 못 먹고 죽어 가니 내 사정 절박하네. 첫 삭망*이나 지낸 후에 양식하시고 진 어사댁 관복 한 벌 흉배 학을 놓다가 못 마치고 보자기에 싸서 아랫농에 넣었으니 나 죽고 초상 후에 찾으러 오거든 염려 말고 내어 주오. 건너 마을 귀덕 어미께 친하게 다녔으니 어린아이 안고 가서 젖을 먹여 달라고 하면 괄세는 아니할 것이오. 천만다행으로 이 자식이 죽지 않고 자라나서 제발로 걷거든 앞세우고 길을 물어 내 무덤 앞에 찾아와서 '죽은 네 어미 무덤이로다' 하고 가르쳐 주어 모녀가 서로 만나면 혼이라도 원이 없것소. 천명을 어길 수 없어 앞 못 보는 가장에게 어린 자식을 맡겨 두고 영 이별하고 돌아가니 귀하신 몸이 너무 슬퍼하여 몸 상하지 마시고 부디 몸을 돌보소서. 이생에서 못다 한 인연은 다음 생에 다시 만나 이별 없이 살리라. 애고애고, 잊을 뻔했소. 아이 이름을 청이라 지어 주고 나 끼던 옥가락지 함 속에 있으니 심청이 자라거든 날 본 듯이 내어 주고, 나라에서 내리신 '수복강녕(壽福康寧) 태평안락(太平安樂)'이라 앞뒤에 새긴 돈을 고운 비단 괴불* 주머니에 주홍 당사 벌매듭* 끈을 달아 두었으니 그것도 내어 채워 주오."

말을 마친 곽씨 부인 잡았던 심 봉사 손을 놓고 한숨 쉬며 돌아누워 어린아이를 잡아당겨 얼굴을 문지르고 혀를 끌끌 차며 혼잣말처럼 탄식한다.

"하늘도 무심하고 귀신도 야속하다. 네가 진작 생기거나 내가 좀더 살거나 했더라면 오죽 좋으랴. 너 낳자 나 죽으니 하늘에 사무치는 슬픔을 네가 품게 되었구나. 죽는 어미 사는 자식 서로간에 무슨 죄냐. 뉘 젖 먹고 살며 뉘 품에서 잠을 자리. 애고 아가 내 젖 마저 먹고 어서어서 자라거라."

두 줄기 눈물이 흘러 낯을 적신다. 한숨 지어 부는 바람은 슬픈 울음 되었고 눈물 맺어 오는 비는 처량한 가을비 되어 흐른다. 하늘은 나직하고 검은 구름 자욱한데 새는 슬퍼하여 소리 없이 머무르고 시내에 도는 물은 잔잔하여 흐느끼며 흘러가니 하물며 사람이야 어찌 아니 서러워하랴. 딸꾹질 두어 번 하고 숨이 덜컥 지니 심 봉사 그제야 죽은 줄 알고 구슬피

삭망(朔望) 사람이 죽어 장례를 치른 후 매달 음력 1일과 15일 아침 저녁으로 빈소에 음식을 차려 놓고 곡을 하는 약식 제사. 삭망제(朔望祭).

괴불 괴불 주머니. 아기 옷에 달아 주는 장식용 주머니.

벌매듭 벌 모양으로 맵시를 부린 매듭.

통곡한다.

"애고애고 마누라 참으로 죽었는가. 이게 웬일인고."

상을 쾅쾅 두드리고 두 다리며 머리도 닥치는 대로 부딪치며 내리 궁글 치궁글며 엎어지고 자빠지고 발 구르며 통곡한다.

"여보 마누라, 그대가 살고 내가 죽으면 저 자식을 키울 터인데 내가 살고 그대 죽었으니 저 자식을 어찌 키운단 말이오. 애고애고 모진 목숨 살자고 하니 무엇을 먹고 살며 함께 죽으려 한들 어린 자식을 어찌 할꼬. 애고애고, 동지 섣달 찬 바람에 무엇을 입혀 키워 내며 달은 지고 침침한 방에서 젖 달라고 우는 소리 내 젖 먹여 살려 낼까. 마오 마오, 제발 덕분에 죽지 마오. 평생에 정한 뜻이 함께 살고 함께 죽자였는데 염라국이 어디라고 날 버리고 저것 두고 죽는단 말인가. 인제 가면 언제 오리. 겨울 가고 봄이 오면 꽃을 따라 오려는가, 여름 지나 가을 되면 달을 따라 오려는가. 꽃도 졌다가 다시 피고 해도 졌다가 다시 돋건마는 우리 마누라 가신 데는 가면 다시 못 오는가. 하늘 나라 반도 익어 잔치 벌어지니 서왕모 따라갔는가. 월궁 항아* 짝이 되어 약 찧으러 갔는가. 순임금의 어진 황후 아황 여영 모신 황릉묘*에 회포 말하러 갔는가. 억울한 누명 쓰고 회사정에서 슬피 울던 사씨 부인* 찾아갔는가. 나는 누구를 찾아갈까. 애고애고 서러운지고."

이렇게 슬퍼할 때 도화동 사람이 모두 나와 눈물 흘리며 의논한다.

"어질고 착하던 곽씨 부인 불쌍히도 죽었구나. 우리 동네가 백여 가구 되니 집집마다 정성껏 돈을 모아 초상이나 후하게 치러 주세."

모두 한마음으로 뜻을 모아 옷도 마련하고 관*이며 곽*도 정성껏 장만하여 양지 바른 곳 골라 삼 일 만에 출상할 때 상두가 소리 구슬프다.

　　원어 원어 원어리 넘차, 원어
　　북망산이 멀다더니 건넛산이 북망일세.

이십육

원어 원어 원어리 넘차, 원어

황천길이 멀다더니 방문 밖이 황천일세.

원어 원어

불쌍하다 곽씨 부인 행실도 음전하고 재질도 기이터니

늙도 젊도 아니하여 영결종천하였도다.

원어 원어 원어리 넘차 원어 어화 너화 원어

그렇게 상여*가 나갈 때 심 봉사 모습 차마 눈뜨고 보기 어렵다. 어린아이 강보에 싼 채 귀덕 어미에게 맡겨 두고 지팡 막대 흩어 짚고 논밭 두렁 쫓아와서 목은 쉬어 크게 울지도 못하고 상여 뒤채* 부여잡고 넋두리를 한다.

"여보 마누라, 내가 죽고 마누라가 살아야 어린 자식을 살려내지 천하에 몹쓸 마누라, 그대 죽고 내가 살아서 초칠일도 못 된 어린 자식 앞 못 보는 내가 어찌 키워 낼꼬. 애고애고."

서럽게 우는데 이윽고 산소에 도착한다. 동네 사람들이 힘을 합해 관을 안장하고 봉분을 다 한 후에 심 봉사 제를 지내는데 서러운 마음으로 제문 지어 읽는다.

오호 슬프도다, 오호 부인이시여.

어질고 음전한 행실 옛사람에 못지않아

백년해로하자더니 홀연히 죽어 돌아가는가.

어린 자식 남겨 두니 이것을 어찌 길러 낼꼬.

다시 올 수 없는 구천으로 갔으니

어느 때에나 오려는가.

소나무 가래나무 집을 삼아

자는 듯이 누웠으니

그 음성 그 모습 아득히 멀어

항아(姮娥) 불사약을 훔쳐 먹고 달나라에 도망가서 혼자 산다는 전설의 여인.

황릉묘(黃陵廟) 요임금의 딸이며 순임금의 비가 된 아황(娥皇)과 여영(女英)을 모신 사당. 아황과 여영은 부덕이 있어 모든 여성의 본보기가 되며, 순임금이 죽은 뒤 따라 죽어 절개의 상징이 되기도 한다.

사씨 부인(謝氏夫人) 김만중의 소설 『사씨남정기』의 주인공. 교씨의 간계로 집에서 쫓겨나 회사정(懷沙亭)에서 자결하려 할 때 하늘을 부르짖으며 울었다.

관(棺)·곽(槨) 속널과 겉널. 사람이 죽어 장례 치를 때 시체를 나무로 만든 관에 넣고 관을 다시 곽에 넣어 땅에 묻는다.

상여 시체를 묘지까지 운반하는 도구. 꽂지 있는 가마 모양으로 생겼으며 10여 명이 양쪽에서 어깨에 메고 옮긴다.

뒤채 가마나 상여, 들것의 앞뒤에 양옆으로 댄 긴 장치. 뒤채는 뒤쪽의 채.

다시 보고 듣기 어려워라.

방울방울 옷깃 적시는 눈물 피가 되고

애끓는 마음으로 빌어 본들 살 길이 전혀 없다.

그대 생각 간절하여 바라본들 어이하며

그대 잃고 탄식하니 뉘를 의지하란 말인가.

백양나무 가지 끝에 달이 지니 산은 적적해 밤 깊은데

그대 음성 들리는 듯 무슨 말을 하소연한들

이승 저승 길이 달라 그 뉘라서 위로하리.

후세에나 만나려나 이승에는 한이 없네.

간소한 제물 장만하여 올리니 많이 먹고 돌아가오.

제문을 다 읽고는 모들뜨기하며 또다시 오열한다.

"애고애고, 이게 웬일인고. 가오 가오. 날 버리고 가는 부인 한탄한들 무엇하리. 황천으로 가는 길에 주막이 없으니 어느 집에 가서 자고 가오? 가는 데 나에게 일러 주오."

슬픔이 끝이 없으니 장례에 왔던 동네 사람들이 겨우 말려 돌아왔다.

집이라고 들어가니 부엌은 적적하고 방은 텅 비었다. 어린아이 데려다가 휑 뎅그러진 방안에 태백산 갈가마귀 게발 물어 던진 듯이 누웠으니 마음이 온전할 리 없다. 심 봉사 마음 갈피를 잡지 못하고 벌떡 일어서더니 이불도 만져 보고 베개도 더듬으며 한숨처럼 중얼거린다.

"덮던 이불은 그대로 있다마는 독수공방 누구와 함께 덮고 자리."

농짝도 쾅쾅 치고 바느질 상자도 덥석 만져 보고, 곽씨 머리 빗던 빗첩도 핑등그리 던져 보고 받던 밥상도 더듬더듬 만져 본다.

"여보, 마누라."

부엌을 향해 헛되이 부르다가 이웃집 찾아가서

"우리 마누라 여기 왔소?"

공연히 물어도 본다. 그러다가 어린아이 품에 안고

"네 어미 무상하다, 너를 두고 죽었구나. 오늘은 젖을 얻어먹었으니 내일은 뉘집 애기 젖을 얻어먹일까. 애고애고 야속한 귀신 우리 마누라를 잡아갔구나."

한탄과 원망 섞어 넋두리를 한다.

이렇게 슬픔으로 밤을 새고 날을 지내다가 문득 생각한다.

'한 번 죽은 사람은 다시 살아올 수 없으니 하릴없거니와 이 자식이나 잘 키워 내리라.'

다음 날부터 날이 밝으면 어린아이 있는 집을 물어 가며 아이 안고 젖을 얻어먹이러 나선다. 눈 어두워 보지는 못하지만 귀는 밝아 눈치로 가늠하다가 아침해 돋을 적에 우물가에서 나는 소리 얼른 듣고 나서면서

"여보시오 마누라님, 여보 아씨님네. 이 자식 젖을 좀 먹여 주오. 나를 본들 어찌하며 우리 마누라 살았을 제 지낸 정으로 생각한들 차마 어찌 괄시하리오. 어미 없는 어린것인들 어찌 아니 불쌍하오. 댁의 귀한 아기 먹이고 남은 젖 한 통만 먹여 주오."

이렇게 말을 붙이면 마다하는 사람이 없다.

육칠월 김매는 여인 쉬는 참에 찾아가서 애걸하여 얻어먹이고, 시냇가에 빨래하는 데도 찾아가면 어떤 부인은 달래다가 따뜻이 먹여 주고 다음에 또 찾아오라고 하고, 어떤 여인은

"인제 막 우리 아기 먹였으니 젖이 없소."

하며 안타까워하기도 한다.

심청이 젖을 많이 얻어먹어 배가 불룩하면 심 봉사 좋아하며 양지바른 언덕

밑에 쪼그려 앉아 아기를 어른다.

"아가 아가, 자느냐. 아가 아가, 웃느냐. 어서 커서 네 어미같이 어질고 효행 있어 아비에게 귀함을 보여라."

할머니가 있어 돌보며 외가가 있어 맡길까. 하루도 봐 줄 사람 없으니 아이 젖을 얻어먹여 눕혀 놓고 틈틈이 동냥을 한다. 삼베 주머니 두 칸으로 나누어 한쪽에는 쌀을 받고 한쪽에는 벼를 받아 모으고, 한 달에 여섯 번 서는 장날에 다니며 푼푼이 얻어 모아 아이 암죽거리로 갱엿 푼어치, 홍합도 사며 지낸다. 이런 가운데도 달마다 초하루 보름에는 죽은 곽씨 부인 제사를 어김없이 지내고, 소상·대상·기제사*도 빠짐없이 모신다.

심청이는 장차 귀하게 될 사람이라 보통 아이와 다른 데가 있다. 천지신명이 도와 주고 부처님·보살님이 돌보셔서 잔병 없이 자라나 제발로 걸어 어린 시절을 보내고, 물 같은 세월이 어느덧 육칠 년이나 훌쩍 지나가니 심청이 나이 벌써 예닐곱이 되었다.

얼굴이 빼어나게 어여쁘고 행동거지가 민첩하다. 어린 나이에도 효성이 뛰어나고 도량이 넓으며 마음 씀씀이가 너그럽다. 아버지의 아침 저녁 식사 수발과 어머니 제사를 격식 갖춰 의젓이 지내니 칭찬하지 않는 사람이 없다. 하루는 심청이가 아버지께 가만히 말씀드린다.

"하찮은 날짐승 까마귀도 저녁이 되면 모이 물어다가 늙은 어미 먹일 줄을 아는데 하물며 사람이 그만 못하겠습니까? 아버지께서는 눈도 어두우신데 밥 빌러 가시다가 높은 데 깊은 데 좁은 길을 분간치 못하고 다니시다 엎어져 다치실까 걱정입니다. 비바람 불고 서리 치는 궂은 날 다니시다 추워 병나실까 염려

됩니다. 이제 제 나이도 예닐곱이나 되었으니 낳아 주고 길러 주신 은혜를 지금
보답하지 못하면 이 다음에 불행한 일을 당하여 아무리 슬퍼한들 어찌 갚겠습
니까? 오늘부터 아버지는 집을 지키시고 제가 나가서 밥을 빌어 아침 저녁 끼니
걱정을 덜게 하겠습니다."

심 봉사 웃으면서 대답한다.

"네 말이 기특하구나. 네 마음이 고맙기는 하다마는 어린 너를 내보내고 가
만히 앉아 받아 먹는 내 마음이 편하겠느냐? 다시는 그런 말 말아라."

심청이 다시 여쭙는다.

"공자 제자 자로(子路)는 어진 사람으로, 흉년을 만나매 백 리 길을 걸어가서
쌀을 구해다가 부모를 봉양했다 합니다. 한나라 문제 때 제영은 어린 여자지만
아버지가 죽을 죄를 짓고 옥에 갇히니 임금께 간청하되 '아비 죄를 용서하고
대신 저를 관비(官婢)로 삼으라' 하니 임금도 감동하여 그 아비를 용서하였다
합니다. 그런 일을 생각하면 부모 섬기는 도리가 예와 지금이 다르겠습니까?
더는 말리지 마십시오."

심청이 말이 너무도 간곡하니 심 봉사도 옳게 여겨 대답한다.

"기특하구나, 내 딸. 효녀로다, 내 딸. 네 말대로 그리 하여라."

이 날부터 심청이 밥을 빌러 나가는데, 먼 산에 해 비치고 앞 마을
에 연기 나면 채비 갖춰 집을 나선다. 헌 베 중의 대님 치고 말만 남
은 베 치마 앞섶 없는 저고리를 이렁저렁 얽어매고 청목 휘양 둘러
쓰고 버선 없이 발을 벗고 뒤축 없는 신을 끌고 헌 바가지 옆에 끼고
단지에 노끈 매어 손에 들고, 엄동설한 모진 날에 추운 줄도 모르고
이 집 저 집 들어가서 가련하게 밥 한 술을 구걸한다.

"어머니는 세상 버리시고 우리 아버지 눈 어두워 앞 못 보시는 줄
을 누가 모르겠습니까? 밥 한 술 덜 잡수시고 보태 주시면 눈 어두운

소상·대상·기제사(小祥·大祥·忌祭祀) 소상은 사람이 죽은 지
1년 만에 지내는 제사. 대상은 2년 만에 지내는 제사.
기제사는 삼년상이 끝난 뒤 해마다 죽은 날에 지내는 제사.

삼십삼

아버지 배고픔을 면할 것입니다."

보고 듣는 사람이 모두 깊이 감동하여 그릇에 담긴 밥이며 김치·장을 아끼지 않고 내어 준다. 어떤 이가 먹고 가라고 하면 심청이 공손히 대답한다.

"추운 방에서 늙은 아버지께서 기다리실 터인데 어찌 혼자 먹겠습니까? 어서 돌아가서 아버지와 함께 먹겠습니다."

모두가 후하게 덜어 주어 두세 집 얻으니 둘이 먹기에 충분하다. 서둘러 돌아와서 방문 앞에 이르러 기척 내며 말한다.

"아버지, 춥지 않으세요? 시장하시지요? 많이 기다리셨지요? 이 집 저 집 다니다 보니 이렇게 늦었습니다."

심 봉사 딸을 보내고 마음 둘 데 없어 걱정하며 앉았다가 심청이 소리 듣고 얼른 반기며 펄쩍 문을 열고 두 손 덥썩 잡으며 말한다.

"손 시렵지야?"

딸의 손을 입에 대고 호호 불어 녹여 주고

"발도 차구나."

어루만지고 혀를 끌끌 차며 눈물짓는다.

"애고애고 애달프다. 네 어미 야속하다. 내 팔자 기구하여 너를 시켜 밥을 빌어 먹고 산단 말이냐. 애고 모진 목숨이 구차히 살아나서 자식 고생만 시키는구나."

심 봉사 넋두리에 심청이 극진한 효성으로 위로한다.

"아버지 그런 말씀 마십시오. 자식이 부모를 봉양하고 부모가 자식의 효도 받는 것은 하늘이 정한 떳떳한 이치요, 사람으로 당연한 일이니 너무 걱정 마십시오. 어서 진지나 잡수세요."

상 차려 앞에 놓고 아버지 손을 잡아

"이것은 김치요, 이것은 간장입니다. 시장하신데 많이 잡수세요."

하나하나 잡혀 주며 많이 먹으라고 권한다.

이렇게 공양하며 봄 여름 가을 겨울 하루도 빠짐없이 동네 거지 되어 다니는 동안 한 해 두 해 네다섯 해가 훌쩍 지나갔다.

심청이 자라면서 몸가짐이 더욱 조신하고 민첩하다. 바느질 솜씨 뛰어나 동네 삯바느질로 공밥 먹지 않고, 삯을 주면 받아다가 아버지 옷가지며 음식을 장만하고, 일 없는 날은 밥을 빌어 겨우겨우 살아간다.

세월은 쉬지 않고 흘러 심청이 이윽고 열다섯 살이 되었다. 얼굴은 가을 달같이 어여쁘고 효성이 지극하다. 몸가짐이 얌전하고 일마다 야무져서 여인의 본보기가 될 만하니 가르쳐서 아는 것이 아니요, 타고난 품성이다. 여인 중에 군자요 새로는 봉황에 비길 만하니 이런 소문이 동네를 벗어나 멀리까지 자자하게 퍼졌다.

하루는 월평 무릉촌 사는 장 승상 댁의 하녀가 찾아와 말한다.

"승상 부인의 명을 받고 심 소저를 모셔 가려고 왔습니다."

심청이 아버지께 여쭙는다.

"어른이 부르시니 하녀와 함께 다녀오겠습니다. 남은 진지를 반찬 수저와 함께 상을 보아 두었으니, 만일 제가 늦더라도 시장하면 잡수세요. 부디 제가 돌아올 때까지 조심하세요."

하녀를 따라가는데 한 곳에 이르러 하녀가 손 들어 가리키는 곳을 바라보니 문앞에 심은 버들 봄빛이 완연하다. 대문 안에 들어서니 왼쪽에 서 있는 벽오동은 맑은 이슬이 뚝뚝 떨어져 학의 꿈을 깨게 하고 오른쪽에 서 있는 반송(盤松)은 바람이 건듯 부니 늙은 용이 꿈틀거리는 듯하다. 창 앞에 심은 화초 일난초(日暖草) 봉미장(鳳尾長)은 속잎이 빼어나고 높은 누대 앞 부용당에는 흰 갈매기 즐거이 날고, 연잎은 물위에 높이 떠서 동실넙적하다. 물수리 쌍쌍이 날고 금붕어 둥둥 떠다닌다. 안중문 들어서니 세간도 굉장하고 창살 무늬도 찬란한데, 반백이 넘은 부인이 옷차림이 단정하고 윤기 흐르는 얼굴에 복이 가득하다.

심청이를 보고 반기며 손을 잡고 묻는다.

"네가 심청이냐? 듣던 말과 조금도 다름이 없구나."

자리에 앉힌 후에 심청의 불쌍한 처지를 위로하고 자세히 살피니 아름다운 자태가 하늘 나라의 으뜸가는 미인이었음이 분명하다. 옷깃을 여미며 조신하게 앉는 모습은 비 갠 맑은 시냇가에 목욕하고 앉은 제비가 사람 보고 놀라는 듯하고, 황홀한 얼굴은 하늘 높이 돋은 달이 물 위에 비친 듯하다. 다소곳이 눈을 뜨니 새벽빛 맑은 하늘에 반짝이는 샛별 같고, 두 뺨의 고운 빛은 가을 햇살 따사한 연못에 부용이 새로 핀 듯, 청산 같은 미간에 눈썹은 초승달 정신이요, 윤기 있는 머릿결은 새로 자란 난초 같고, 가지런한 귀밑머리는 매미의 날개 같다. 입을 벌려 웃는 모습은 모란꽃 한 송이가 하룻밤 비를 맞고 막 피어나려고 벌어지는 듯하고 하얀 이를 열어 말을 하니 농산(籠山)의 앵무로다. 부인이 심청의 아리따운 모습을 칭찬하여 말한다.

"네 전생을 모르느냐? 너는 분명 선녀였구나. 도화동에 내려오니 월궁에서 노는 선녀가 벗 하나를 잃었도다. 내 오늘 너를 보는 것이 우연한 일이 아니로다. 무릉촌에 내가 있고 도화동에 네가 나니 무릉촌에 봄이 오고 도화동에 꽃이 피었구나. 너는 정녕 이 세상 사람이 아닌 듯하구나. 내 말을 들어라. 승상께서 일찍이 세상을 버리시고 아들이 삼형제로되 황성에 가 벼슬하고 있으니 다른 자식 없고 손자 재미도 없어 적적하구나. 눈앞에 말벗이 없고 며느리들은 아침 저녁 문안하고 나면 제 일하기 바쁘니 적적한 빈 방에서 촛불만 대하고 앉아 옛 책이나 읽는 것이 고작이란다. 네 신세를 생각하면 양반의 후예가 이토록 구차하니 참으로 가련하구나. 내 수양딸이 되지 않으려느냐? 내 너를 얻어 바느질 길쌈도 가르치고 글공부 셈하기도 모두 가르쳐 친딸같이 길러 늘그막에 잔재미를 보고 싶구나. 네 생각은 어떠하느냐?"

심청이 일어나서 두 번 절하고 말씀 올린다.

"제 명이 기구하여 태어난 지 이레 만에 어머니 불행히 세상을 버리시매 눈 어두우신 아버지께서 동냥젖을 얻어먹여 겨우 살아났습니다. 어머니는 천지간에 얼굴도 모르니 가없는 슬픔을 하루도 잊은 적이 없습니다. 제 부모 생각하여 남의 부모도 공경하였는데, 오늘 부인께서 미천한 몸을 꺼리지 않으시고 딸을 삼으려 하시니 돌아가신 어머니를 다시 뵙는 듯하여 마음 둘 바를 알지 못하겠습니다. 부인의 말씀을 따르면 몸은 편하고 귀하게 될 터이지만 눈 어두우신 제 아버지 아침 저녁 끼니와 사철 의복 돌봐 드릴 사람이 없습니다. 아버님 모시기를 어머니 겸하여 모시고 아버지도 저를 믿으시기를 아들같이 믿고 오늘까지 살아왔습니다. 아버지 아니 계셨더라면 제가 오늘까지 살아 있지 못할 것이요, 제가 만일 없어지면 제 아버지 남은 날을 돌봐 드릴 사람이 없습니다. 저희 부녀 이렇듯 깊이 의지하여 제 몸이 다하는 날까지 길이 모시려 하옵니다."

말을 마치며 눈물이 두 뺨에 젖는 모습은 봄바람에 날린 가랑비가 복숭아꽃에 맺혔다가 점점이 떨어지는 듯하니, 부인도 감동하고 안쓰러워 등을 어루만지며 달랜다.

"효녀로다, 효녀로다. 네 말이 마땅히 옳은 말이로다. 내 늙어 정신이 흐릿하여 미처 생각지 못하고 말하였구나."

그렁저렁 날이 저물었다. 심청이 부인께 여쭙기를,

"부인의 착하신 덕을 입어 종일토록 모셨으니 영광이 더할 데가 없습니다. 날이 이미 저무니 이제는 돌아가 아버지 기다리시는 마음을 위로하려 하옵니다."

하니, 부인이 차마 말리지는 못하고 마음에 연연한 정으로 옷감과 양식을 많이 내어 준다. 하녀와 함께 심청이 떠날 때

"네 부디 나를 잊지 말고 모녀의 정을 나누면 이 노인에게 퍽 다행한 일이겠구나."

하시니 심청이 대답하기를,

"오늘 제가 부인의 훌륭하신 덕을 입었으니 앞으로 가르침을 받겠습니다."
하고 서둘러 집으로 돌아간다.

한편 심 봉사는 빈 방에 홀로 앉아 심청이 오기만을 이제나 저제나 기다리는데, 배는 고파서 배가 등가죽에 붙는 듯하고 방은 추워서 턱이 덜덜 떨린다. 날던 새도 잠자리를 찾아 들고, 먼 데서 절의 쇠북 소리 들리니 날이 저문 줄 짐작하고 혼자 하는 말이

"내 딸 심청이는 무슨 일에 골몰하여 날 저무는 줄을 모르는고. 주인에게 잡혀서 못 오는가, 저물어 돌아오는 길에 동무 만나 노는 데 빠졌는가?"
하고 이 걱정 저 시름으로 마음이 심란하다.

길 가는 사람 보고 짖는 개 소리에 심청이 오는가 여겨 반가이 듣고, 떨어진 창문에 바람 부는 소리에도 행여 심청이 오는 기척인가 하여 반겨 나서면서,

"심청이 너 오느냐?"
하고 물으나 빈 뜰에 사람 자취 없으니 허전한 마음에 아득히 속았구나.

기다리다 못하여 지팡 막대 찾아 짚고 사립문 밖으로 나서다가 아뿔싸, 한 길이 넘는 개천에 밀친 듯이 떨어졌다. 얼굴은 흙투성이가 되고 옷에는 얼음이 매달린다. 뛰어 본들 도로 더 깊이 빠지고 나오려고 허우적댈수록 미끄러지기만 하니 영락없이 죽게 되었다. 아무리 소리를 질러도 날은 저물고 사람 자취 끊겼으니 건져 줄 사람이 없다.

하지만 심 봉사 명이 남아 살려 줄 인연은 따로 있었으니, 때마침 몽운사 화주승이 절을 중창하려고 시주책 둘러메고 내려왔다가 청산은 어둠에 잠기고 눈 덮인 들판에 달빛 돋아날 때 자갈길 밟아 절로 찾아가던 길인데, 바람결에

살려 달라는 슬픈 소리가 들린다. 화주승 자비로운 마음에 소리나는 곳을 찾아가니 한 사람이 개천에 빠져 허우적거린다.

급한 마음에 지팡이며 바리때를 바위 위에 척척 던져 두고, 굴갓과 먹물장삼 실띠 달린 채 벗어 놓고, 육날 미투리 행전 대님 버선 훨훨 벗어 놓고, 곧추누비 바지저고리 거듬거듬 걷어 올리고 허겁지겁 달려들어 심 봉사 상투 덥벅 잡아 '에ㅡ 뚜름이야차' 건져 놓고 보니 전에 본 적 있는 심 봉사다.

심 봉사 간신히 정신 차려 묻는다.

"게 뉘시오?"

"몽운사 화주승이오."

"그렇지. 사람 살리는 자비로운 부처님이로고. 죽을 사람 살려 주시니 이 은혜 백골난망이오."

화주승이 심 봉사를 업어다가 방안에 앉히고 빠진 까닭을 묻는다. 심 봉사 신세 한탄하다가 전후 사정을 말하니 중이 불쌍한 마음에 눈뜰 방법을 일러 준다.

"딱하구려. 우리 절 부처님은 영험이 뛰어나서 빌어서 안 되는 일이 없고, 구하면 모두 들어 주신다오. 공양미 삼백 석을 부처님께 올리고 지성으로 불공을 드리면 눈을 떠서 완전한 사람이 되어 온갖 세상을 훤하게 볼 것이오."

심 봉사 눈을 뜬단 말에 정신이 팔려 집안 형편은 생각하지 않고 그만 덥벅 말을 낸다.

"그러면 삼백 석을 적어 가시오."

화주승이 어이없어 허허 웃고 말린다.

"여보시오. 댁의 가세를 살펴보니 끼니도 잇기 어려운 처진데 삼백 석을 무슨 수로 마련한단 말이오?"

심 봉사 홧김에 대답한다.

"여보시오, 어느 쇠아들 놈이 부처님께 적어 놓고 빈말하겠소. 눈뜨려다가 앉은뱅이 되게요. 사람 말을 업수이 여기시오? 염려 말고 적으시오."

심 봉사 기세에 화주승도 하는 수 없어 바랑을 펼쳐 놓고 종이를 꺼내 제일 윗줄 붉은 칸에 '심학규 쌀 삼백 석' 이라 적어 넣었다.

화주승이 인사하고 돌아간 후에 심 봉사 다시 생각하니 시주할 쌀 삼백 석을 마련할 길이 전혀 없다. 복을 빌려고 하다가 도리어 죄를 얻게 생겼으니 이 일을 어찌하면 좋을지 막막하기만 하다.

아무리 생각해도 방법은 없고 이 생각 저 생각 하다 보니 설움만 북받친다. 이 설움, 저 설움, 묵은 설움, 햇설움이 무리지어 일어나니 견디지 못하여 넋두리하며 운다.

"애고애고 내 팔자야, 망령이 들었구나 내 일이야. 하늘은 지극히 공평하여 골고루 복을 내린다는데 나는 무슨 까닭으로 맹인이 되고 살림조차 이토록 가난할꼬. 해와 달같이 밝은 것을 분간할 길이 전혀 없고 처자 같은 피붙이를 대하여도 볼 수 없구나. 우리 죽은 마누라 살았더라면 아무 걱정이 없으련만, 다 커 가는 딸자식을 동네방네 내놓아서 품을 팔고 밥을 빌어다가 근근이 입에 풀칠이나 하는 형편에 공양미 삼백 석을 호기 있게 적어 놓고 백 가지로 생각한들 방책이 없구나. 빈 단지를 기울여 봐도 한 되 곡식이 제대로 없고, 장롱을 아무리 뒤져 봐도 한 푼 돈이 있을 까닭 없다. 한 칸 오두막을 팔려고 한들 비바람도 제대로 못 피하니 살 사람이 어디 있을까? 내 몸을 팔려고 한들 한 푼도 오히려 비싼 바라 나라도 사지 않을 텐데 누가 사리오? 어떤 사람은 팔자 좋아 이목구비가 완전하고 팔다리 온전히 갖추어 부부가 해로하고 집안에 자식이 번성하며, 곳간에는 곡식이 그득하고 재물이 넘쳐나서 아무리 써도 줄어들지 아니하고 그리운 것이 없건마는, 애고애고 내 팔자야, 나 같은 사람이 또 있을까? 앉은뱅이 곱사등이 서럽다 해도 부모 처자를 바로 보고, 말 못 하는 벙어리도 서럽다 하지만 온갖 세상을 다 보네!"

한참 탄식하는데, 심청이 서둘러 돌아와서 아버지 모습을 보고 깜짝 놀라 발을 동동 구르고 아버지의 온몸을 두루 만지며 묻는다.

"아버지, 이게 웬일이세요? 나를 찾아 나오시다가 이런 욕을 보셨습니까, 이웃집에 가셨다가 이런 봉변을 당하셨습니까? 춥기는 얼마나 추우시며 분하기는 오죽 분하십니까? 승상댁 노부인이 굳이 잡고 만류하시는 바람에 어느새 이리 늦었습니다."

승상댁 하녀를 불러

"부엌에 있는 나무로 불 한 아궁이만 넣어 주세요."

부탁하고, 치마폭을 거듬거듬 걷어 잡고 눈물 흔적 씻으면서 밥상을 차려 낸다.

"아버지, 더운 진지 가져왔으니 진지 잡수세요. 국물 먼저 잡수세요."

심 봉사 손을 잡고 상 위의 반찬을 하나하나 잡혀 주며

"이것은 김치고, 이것은 자반입니다."

하고 밥 먹기를 권하는데, 심 봉사 얼굴에 근심이 가득할 뿐 밥 먹을 생각이 전혀 없으니 심청이 걱정스럽게 묻는다.

"아버지, 왜 그러십니까? 어디 아프셔서 그러세요, 제가 늦게 왔다고 노여워서 그러세요?"

"아니다. 너는 알아도 소용없느니라."

심 봉사 대답에 심청이 깜짝 놀라 다시 묻는다.

"아버지, 그게 무슨 말씀이십니까? 부모 자식 사이는 하늘이 맺어 준 인연인데 무슨 허물이 있겠습니까? 아버지는 저만 믿고 저는 아버지만 믿어 지금까지 크고 작은 일을 모두 의논했는데, 오늘 '너는 알아도 소용없다'고 하시니 이게 무슨 말씀이십니까? 부모의 근심이 곧 자식의 근심인데, 제가 아무리 불효한들

말씀을 안 하시니 제 마음이 서럽습니다."

　그제야 심 봉사 마지못해 자초지종을 털어놓는다.

　"내가 무슨 일로 너를 속이겠느냐? 다만 네가 알게 되면 지극한 네 마음에 걱정만 할 것이기에 차마 말을 못 하였구나. 아까 너를 기다리다가 저물도록 안 오기에 하도 갑갑하여 마중을 나갔다가 그만 한 길이 넘는 개천에 빠졌구나. 영락없이 죽게 되었는데, 뜻밖에 몽운사 화주승이 지나다가 나를 건져 살려 주었단다. 화주승이 '공양미 삼백 석을 진심으로 시주하면 살아 생전에 눈을 떠서 온갖 세상 다 볼 것이다' 하더구나. 홧김에 '공양미 삼백 석'을 적었는데, 중을 보내고 생각하니 돈 한 푼 없는 형편에 삼백 석이 어디서 난단 말이냐? 후회스럽기만 하구나."

　심청이 그 말을 반겨 듣고 아버지를 위로한다.

　"아버지, 걱정 마시고 진지나 잡수세요. 후회하시면 진심이 못 되십니다. 아버지 어두운 눈을 떠서 밝은 세상을 보신다면 공양미 삼백 석을 어떻게든 준비하여 몽운사로 올리겠습니다."

　"네가 아무리 애를 쓴들 무슨 수로 삼백 석을 마련하겠느냐?"

　심청이 간곡하게 대답한다.

　"진나라 사람 왕상(王祥)은 계모 상에 생선을 올리려고 얼음을 깨어 잉어를 얻었고, 한나라 사람 곽거(郭巨)는 부모 상에 올린 음식을 제 자식이 상머리에서 먹는다고 산 채로 묻으려 할 때 땅속에서 황금솥이 나와 부모를 봉양하였다고 합니다. 제 효성이 옛사람만은 못하지만 정성이 지극하면 하늘도 감동한다 하였으니 공양미는 자연히 얻게 될 것입니다. 그러니 깊이 근심하지 마십시오."

　심청이 갖가지 말로 아버지를 위로하고 그 날부터 정성으로 빌기 시작한다. 목욕재계하고 손톱 자르고 머리 단정히 빗고 안팎에 물 뿌려 깨끗이 청소한 뒤 뒷마당에 단을 쌓아, 북두칠성도 이미 기울고 밤 깊어 사방이 고요해지면 등불

밝게 켜고 정화수 한 그릇 떠 놓고 북쪽을 향해 빈다.

　"아무 달 어느 날에 심청은 두 번 절하며 삼가 고합니다. 천지일월성신(天地日月星辰)이며, 하지후토(下地后土), 산령(山靈), 서낭, 오방강신(五方江神) 하백(河伯)이며 제일의 석가여래, 삼금강칠보살(三金剛七菩薩), 팔부신장(八部神將), 시왕성군(十王聖君), 강림도령, 다 차례로 굽어보옵소서. 하느님이 해와 달을 두심은 사람의 두 눈과 같으니 해와 달이 없사오면 무슨 분별을 하겠습니까? 저의 아비 무자생 심학규는 이십 안에 눈이 멀어 앞을 보지 못하오니, 아비 허물을 내 몸으로 대신하옵고 아비 눈을 밝게 하여 주옵소서."

　밤마다 정성껏 비는데 하루는 '남경에 장사 다니는 뱃사람들이 열다섯 살 난 처녀를 사려고 한다'는 소문이 들린다. 심청이 그 말에 솔깃하여 귀덕 어미를 사이에 넣어 사람 사려는 까닭을 물으니 말한다.

　"우리는 장사 다니는 남경 뱃사람으로 인당수 지나갈 때 열다섯 살 난 처녀를 제물로 바치면 망망한 바다를 무사히 건너고 수만 금의 이익을 낼 수 있기로 몸 팔려는 처녀만 있으면 값을 아끼지 않고 사려고 합니다."

　심청이 이 말을 듣고 대답한다.

　"나는 이 마을 사람인데, 우리 아버지 눈 어두워 앞을 보지 못하시는데, 공양미 삼백 석을 바치면 눈을 뜰 수 있다고 합니다. 그러나 집안 형편이 어려워 삼백 석을 마련할 길이 전혀 없으므로 내 몸을 팔려고 하니 나를 사 가심이 어떠신지요?"

　뱃사람들이 감동하여 말한다.

　"효성이 지극하나 불쌍하기 그지없다."

이렇게 하여 즉시 허락하고 그 날로 쌀 삼백 석을 내어 몽운사로 보내고

"금년 삼월 십오일에 배가 떠나오."

하고 간 뒤 심청이 아버지께 여쭙는다.

"공양미 삼백 석을 이미 몽운사로 보냈으니 이제는 근심하지 마세요."

심 봉사 깜짝 놀라 다그친다.

"너 그게 무슨 말이냐?"

심청이 같은 천하의 효녀가 어찌 아버지께 거짓말을 하랴마는 일이 일인지라 잠깐 말을 돌려 대답한다.

"장 승상 댁 노부인이 달포 전에 저를 수양딸로 삼으려 하셨는데, 차마 허락하지 아니하였습니다. 그런데 공양미 삼백 석을 마련할 길이 없어서 이 사연을 노부인께 여쭈었더니 즉시 삼백 석을 내어 주시기로 수양딸로 팔렸습니다."

심 봉사 자세한 내막은 모르고 심청이 말을 듣고 반겨 말한다.

"그렇다면 거룩하다. 그 부인은 한 나라 재상의 부인으로 덕이 높을 것이다. 그렇기에 자제 삼형제가 모두 높은 벼슬에 나아간 것이니라. 양반의 자식으로 몸을 팔았단 말이 듣기에 고약하다마는 장 승상 댁 수양딸로 팔린 것이야 무슨 허물이 되겠느냐. 그래 언제나 가느냐?"

"다음 달 십오일에 데려간다 하였습니다."

"그래, 그 일이 매우 잘되었다."

심청이 그 날부터 곰곰이 생각하니 눈 어두운 백발의 아버지 영영 이별하고 떠날 일과 사람이 세상에 태어나서 열다섯에 죽을 일이 아득하기만 하다. 일에도 뜻이 없고 음식을 입에 대지 못한 채 오직 근심하며 지내다가, 다시 생각하니 엎질러진 물이요 쏘아 놓은 화살이다.

떠날 날이 점점 가까워 오매

'이렇게 그냥 있어서는 안 되겠다. 내가 살았을 때 아버지 의복 빨래나 하리라.'

하고, 봄가을 의복 상침 겹것과 여름철 의복 한삼 고의 박아서 지어 다려 놓고, 겨울 옷에는 솜 두어 보자기에 싸서 농에 넣고, 청목으로 갓끈 접어 갓에 달아 벽에 걸고, 망건 꾸며 당줄 달아 걸어 두었다. 하나하나 준비를 마치고 배 떠날 날을 꼽아 보니 이제 겨우 하룻밤이 남았다.

밤은 깊어 적적한 삼경이고 은하수도 기울었다. 촛불만 대하여 두 무릎 마주 꿇고 살며시 눈 내리깔고 한숨을 길게 쉰다. 이 밤이 새면 죽을 길을 가야 하니 아무리 효녀라 한들 마음이 온전할 리 없다.

'아버지 버선이나 마지막으로 지으리라.'

마음을 정하고 바늘에 실을 꿰어 드니 가슴이 답답하고 두 눈은 침침하다. 정신이 아득하여 하염없는 울음이 간장에서부터 솟아난다. 아버지가 깰까 하여 크게 울지는 못하고 소리를 죽여 가며 목이 쉬도록 흐느끼며, 아버지 얼굴도 대어 보고 손발도 만져 본다.

"나를 보실 날이 몇 밤이뇨. 내가 한번 죽으면 누굴 믿고 살아가실까? 애달프도다, 우리 아버지, 내가 철이 든 후에는 밥 빌기를 그만두셨는데, 내일부터라도 동네 거지 되시겠구나. 눈치는 오죽 받으며 멸시는 얼마나 당하실까? 무슨 험한 팔자로, 태어난 지 이레 안에 어머니 죽고 아버지마저 이별하니 이런 일이 또 있을까? 저문 날에 구름 일 때 소통국의 모자 이별, 수유꽃 꽃놀이에 애달파하는 용산의 형제 이별, 타향살이 서러워하던 위성의 친구 이별, 군대 나간 님 그리는 오나라 월나라 미녀 부부 이별, 세상에 이런 이별 많고도 많지마는, 살아서 당한 이별이야 소식 들을 날이 있고 다시 만날 날 있건마는, 우리 부녀 이별은 어느 날에 소식 알고 어느 때 다시 만나랴! 돌아가신 우리 어머니 황천으로 가 계시고 나는 이제 죽게 되면 수궁으로 갈 터이니 수궁에서 황천 가기 몇천 리 몇만 리나 되는고. 모녀가 서로 만나려 한들 어머니가 나를 어찌 알며 내가 어머니를 어찌 알랴. 만일에 묻고 물어 황천을 찾아가서 어머니 뵙는 날에 마땅히 아버지 소식을 물으실 터이니 또 무슨 말씀으로 대답하리. 오늘 새벽 오는 때를 함지*에 머무르게 하고 내일 아침 돋는 해를 부상지*에 매어 두면 어여쁘싸, 우리 아버지 좀더 모셔 보련마는, 지는 달 돋는 해를 뉘라서 막을쏘냐. 애고애고, 서러운지고."

천지가 사정이 없어 이윽고 닭이 우니 심청이 기겁하여 달려나간다.

"닭아 닭아 울지 마라. 제발 덕분에 울지 마라. 나는 닭이 울어야 살아나는 맹상군(孟嘗君)이 아니로다. 네가 울면 날이 새고 날이 새면 내가 죽는다. 죽기는 섧지 않으나 의지할 데 없는 우리 아버지 어찌 잊고 간단 말이냐."

심청의 타는 심사는 아랑곳없이 어느덧 동쪽이 밝아오니, 심청이 아버지 진지나 마지막으로 지어 드리려고 문을 열고 나서니 뱃사람들이 사립 밖에 지켜섰다가 일러 준다.

"오늘이 배 떠나는 날이니 어서 가게 준비하시오."

심청이 이 말을 듣고 얼굴에 핏기가 가시고 온몸에 맥이 빠지며 목이 메고 정신이 아찔하다. 뱃사람들을 겨우 불러 사정한다.

"여보시오, 상인님들. 나도 오늘이 배 떠나는 날인 줄은 이미 알고 있습니다. 그러나 내 몸이 팔린 줄을 우리 아버지께서 아직 모르고 계십니다. 만일 아시게 되면 지레 야단이 날 것이니 잠깐만 기다려 주시면 아버지 진지나 마지막으로 지어서 잡수시게 한 뒤에 말씀 여쭙고 떠나겠습니다."

뱃사람들이

"그리 하시오."

하여 심청이 들어와 눈물로 밥을 지어 아버지께 올리고 상머리에 앉아 시중을 든다. 아무쪼록 밥을 많이 먹게 하려고 자반도 떼어 입에 넣어 주고 김에 밥을

싸서 숟가락에 얹어 드리며

　"진지를 많이 잡수십시오."

하고 권하니, 심 봉사는 철도 모르고

　"애야, 오늘은 반찬이 매우 좋구나. 뉘 집에서 제사 지냈느냐?"

하고 좋아한다.

　그러나 부모 자식은 하늘이 맺어 준 인연인데 영영 이별하는 마당에 조짐이 없을 수 없다. 심 봉사 간밤에 예사롭지 않은 꿈을 꾸었다.

　"아가 아가, 이상한 일도 있다. 간밤에 꿈을 꾸니 네가 수레를 타고 한없이 가 더구나. 수레라는 것은 귀한 사람이 타는 것이니 우리 집에 무슨 좋은 일이 있을 것 같구나. 아니면 장 승상 댁에서 너를 가마 태워 가려는가 보다."

　심청이는 그것이 저 죽을 꿈인 줄을 짐작하되 짐짓 둘러서 대답한다.

　"그 꿈이 아주 좋습니다."

　밥상을 물려 내고 담배에 불 붙여 입에 물려 드린 후에 아버지 먹고 남은 밥상을 대하여 먹으려 하나 밥이 넘어갈 리 없다. 애간장이 타는 눈물이 솟아나고, 아버지 신세 생각하며 저 죽을 일 생각하니 정신이 아득하고 몸이 떨려 밥을 먹지 못하고 상을 물린다. 다시 세수하고 사당에 들어가 조상께 하직 인사를 올린다.

　"불초 여손(女孫) 심청이는 아비 눈뜨게 하려고 인당수 제물로 몸이 팔려 가오매 조상님들의 제사를 이로 인해 끊게 되었으니 조상님께 큰 죄를 지었사오나 길이 사모하는 마음 북받쳐 끊을 길이 없습니다."

　울면서 하직하고 사당문을 닫은 후에 아버지 앞에 나아가 두 손을 부여잡고 기절한다. 심 봉사 깜짝 놀라서

　"아가 아가, 이게 웬일이냐? 정신 차려 말을 하여라."

함지(咸池) 하늘 서쪽 끝에 있다는 전설 속의 큰 연못. 아침에는 여기서 해가 뜨고 저녁이면 다시 여기로 해가 진다고 함.

부상지(扶桑枝) 세상의 동쪽 끝에 있다는 전설 속의 뽕나무. 여기에 황금 수닭이 앉아 있다가 아침이 되면 울기 시작해서 모든 닭이 따라 울게 해 해를 솟아오르게 했다고 함.

하고 깨우니, 심청이 정신 차려 여쭙는다.

"제가 못난 딸자식으로 아버지를 속였습니다. 공양미 삼백 석을 누가 제게 주겠습니까? 남경 뱃사람들에게 인당수 제물로 내 몸을 팔아 오늘이 배 떠나는 날이오니 나를 마지막으로 보옵소서."

심 봉사 이 말을 듣고 억장이 무너지고 기가 막힌다.

"참말이냐, 네 그 말이 참말이냐? 애고애고, 이게 웬 말인고. 못 가리라, 못 가리라. 너 나에게는 묻지도 않고 네 마음대로 한단 말이냐? 네가 살고 내가 눈을 뜨면 그야 당연히 하려니와 자식 죽여 눈을 뜬들 그게 차마 할 일이냐? 네 어미 너를 낳고 이레 안에 죽은 후에 눈 어두운 늙은 것이 품 안에 너를 안고 이 집 저 집 다니면서 구차한 말 해가면서 동냥젖 얻어먹여 이만치 자랐는데, 내 아무리 눈 어두우나 너를 눈으로 알고 네 어머니 죽은 후에 차차 전과 같이 되었는데, 이 말이 무슨 말이냐? 마라, 마라, 못 하리라. 아내 죽고 자식 잃고 내 살아서 무엇 하리. 너하고 나하고 함께 죽자. 눈을 팔아 너를 살지언정 너를 팔아 눈을 뜬들 무엇을 보고 눈을 뜨리. 늙은 홀아비, 늙은 과부, 부모 없는 어린아이, 자식없는 늙은이가 세상에서 가장 불쌍하다 하였거늘, 나는 무슨 놈의 팔자로 이 중에 으뜸가게 되었단 말이냐?"

심 봉사 넋두리 끝에 발버둥치며 뱃사람들을 나무란다.

"네 이놈 상놈들아, 장사도 좋거니와 사람 사다 제물로 쓰는 것을 어디서 보았느냐? 하느님의 어지심과 귀신의 밝은 마음으로 앙화가 없겠느냐? 눈먼 놈의 무남독녀 철 모르는 어린아이 나 모르게 꾀어 내어 값을 주고 산단 말인고. 돈도 싫고 쌀도 싫다. 네 이놈 상놈들아, 옛 글을 모르느냐? 칠 년이나 계속되는 큰 가뭄에 사람 바쳐 비를 빌려 할 때 탕임금 어지신 말씀이 '내가 지금 비는 바는 사람을 위함이라. 사람 죽여 빌 양이면 내 몸으로 대신하리라' 하시고 몸으로 희생되어 흰 띠풀 거적 깔고 손톱 자르고 머리 깎고 상림(桑林) 뜰에서 빌었더니 사방 수천 리에 큰 비 내린 일도 있으니 내 몸으로 대신 감이 어떠하냐? 여보시오, 동네 사람들. 저런 놈들을 그저 두고 보기만 하오?"

심청이 아버지를 붙들고 울면서 위로한다.

"아버지, 어쩔 수 없습니다. 나는 이미 죽거니와 아버지는 눈을 떠서 밝은 세상 보시고, 착한 사람을 구하여 아들 낳고 딸을 낳아 아버지 후사나 보전하십시오. 못난 딸자식은 생각하지 마시고 오래오래 평안하시옵소서."

뱃사람들이 그 광경을 보고 우두머리들이 의논한다.

"심 소저 효성과 심 봉사 일생을 생각하여 봉사 굶지 않고 벗지 않게 한 모개를 꾸며 줌이 어떠하오?"

"그 말이 옳소."

뱃사람들이 모두 뜻을 같이하여 쌀 이백 석과 돈 삼백 냥과 무명 삼베 각 한 동씩을 마을에 들여 놓고 마을 사람을 불러모아 부탁한다.

"이백 석 쌀과 삼백 냥 돈을 근실한 사람에게 주어 차질 없이 잘 불려서 심 봉사를 돌봐 주시오. 삼백 석 중에 이십 석은 올해 양식으로 남겨 두고 나머지는 해마다 흩어 주어 이자를 받으면 양식이 넉넉하고, 무명과 삼베로는 사철 의복 장만하시오. 이 뜻으로 관청에 공문을 보내고 마을 사람들에게 전하시오."

이렇게 조치를 다 한 후에 심청에게 가자고 재촉한다.

이 때 무릉촌 장 승상 부인이 겨우 소식을 듣고 급히 하녀를 보내 심청이를 부른다. 심청이 하녀를 따라가니 승상 부인이 문 밖까지 달려나와 심청의 손을 잡고 울며 말한다.

"네 이 무상한 사람아, 나는 너를 자식으로 알았는데 너는 나를 어미같이 여기지 않았구나. 공양미 삼백 석에 몸이 팔려 죽으러 간다고 하니 효성은 지극하다마는 네가 살아 세상에 있는 것만 같겠느냐? 나한테 의논했으면 진작에 주선

했을 것이구나. 지금이라도 쌀 삼백 석을 내어 줄 것이니 뱃사람들에게 돌려 주고 망령된 말 다시는 하지 말아라."

심청이 여쭈되

"처음에 말씀 못 드린 것을 이제 와서 후회한들 어찌하겠습니까? 또한 어버이를 위하여 공을 빈다고 하면서 어찌 남의 명분 없는 재물을 빌려서 하겠습니까? 쌀 삼백 석을 돌려주면 뱃사람들 일도 당장 낭패일 것이니 그도 어려운 일이고, 더욱이 사람에게 한 번 몸을 허락하여 약속을 정한 후에 그 약속을 어기는 건 소인배의 일입니다. 하물며 값을 받고 이미 여러 달이 지난 후에 무슨 말을 할 수 있겠습니까? 부인의 하늘 같은 은혜와 착하신 말씀은 저승에 가서라도 결초보은(結草報恩)하겠나이다."

하고 눈물로 옷깃을 적신다. 부인이 다시 보니 그 모습이 엄숙하다. 더는 말을 잇지 못하고 차마 놓지도 못하거늘 심청이 울면서 여쭈되

"부인은 전생에 제 부모였음이 분명합니다. 어느 날에 다시 모실 수 있을지 기약하기 어려우나 글 한 수를 지어 정을 표하오니 보시면 조짐을 알 것입니다."

하니 부인이 반가워하며 종이와 붓을 내어 준다. 붓을 들고 글을 쓸 때 눈물이 비가 되어 방울방울 떨어지니 송이송이 꽃으로 변해 그림 족자가 되었다.

사람이 죽고 사는 것이 한갓 꿈속이니
어찌 정에 이끌려 굳이 눈물 흘리랴.
세간에 가장 애끊는 곳 있으니
강남에 풀은 푸르러도 사람은 돌아오지 못하는구나.

부인이 거듭 말리다가 심청이 지은 글을 보고

"너는 과연 세상 사람이 아니로다. 글을 보니 진실로 선녀임이 분명하구나. 인간 세상의 인연이 다하여 상제께서 부르시는 것이니 네 어찌 피할 수 있겠느

냐? 나도 글 지어 답하리라."

하고 붓을 들어 글을 써 내려간다.

> 까닭 없는 비바람에 밤 어두워 오니
> 아름다운 꽃(심청)을 날려서 어느 문에 떨어뜨리는고
> 인간에 귀양 와 사는 괴로움 하늘도 생각하사
> 굳고 굳은 부녀의 은정을 끊는도다.

심청이 그 글을 소중히 간직하고 눈물 흘리며 이별하니 눈뜨고 보기 어려운 정경이다.

심청이 돌아와서 아버지께 하직하니 심 봉사 붙들고 뛰놀며 고통스러워,

"차라리 날 죽이고 가지 그냥은 못 갈 게야. 날 데리고 가거라, 너 혼자는 못 간다."

소리치니, 심청이 아버지를 위로하되,

"부모 자식 간의 정을 끊고 싶어 끊으며 죽고 싶어서 죽겠습니까마는 액운이 막혔고, 죽고 사는 때가 있어 하느님이 시키시는 일이니 한탄한들 어찌하겠습니까? 인정대로 할 수 있는 일이면 떠날 날이 없을 것입니다."

하고 아버지를 동네 사람들에게 붙잡게 하고 뱃사람들을 따라간다.

그러나 눈먼 아버지를 혼자 두고 떠나는 마음 차마 발길이 떨어지지 않는다. 심청이 큰소리로 통곡하며 치마끈을 졸라매고 치마폭 거듬거듬 안고 흩어진 머리카락은 두 귀밑에 늘이고 비같이 흐르는 눈물은 온 옷에 사무친다. 엎어지고 자빠지며 부축받고 나갈 때 건넛집 바라보며,

"아무개네 집 큰아가, 바느질 수놓기를 누구와 함께 하려느냐? 작년 오월 단옷날에 그네 뛰며 놀던 일을 네가 행여 기억하느냐? 아무개네 집 작은아가, 금년 칠월 칠석날 밤에 견우 직녀에게 걸교*하자던 약속을 지킬 수 없겠구나. 언

제나 다시 보랴. 너희는 팔자 좋으니 부모님 모시고 잘 있거라."
하고 친구들에게 일일이 작별 인사를 한다.

　동네 사람들이 남녀노소 할 것 없이 눈이 붓도록 서로 붙들고 울다가 성 위에서 겨우 손을 놓고 헤어진다.

　심청의 쓰라린 마음을 하느님도 아시는지 밝은 해는 간데없고 하늘에 검은 구름이 가득하다. 푸른 산이 찡그리는 듯하고 강물 소리 흐느낀다. 아름다운 색깔 뽐내던 고운 꽃은 이우러져 제 빛을 잃은 듯하고 싱그럽던 버들가지도 졸 듯이 휘늘어졌다. 봄새는 다정하여 쉴새없이 울어 대는 가운데 심청이 떠나는 마음은 무심한 새소리에도 눈물 젖는다.

　"묻노라, 저 꾀꼬리는 누구를 이별하였기에 저리 슬피 우느냐? 뜻밖에 두견이는 피를 내어 우는구나. 달 밝은 너른 산을 어디 두고 애끊는 소리 울어 보내느냐? 네 아무리 가지 위의 불여귀(不如歸)라 울건마는 돈을 받고 팔린 몸이 어찌 다시 돌아오랴!"

　바람에 날린 꽃이 얼굴에 와 부딪치니 꽃을 보고 또다시 설움이 북받친다.

　"봄바람이 사람의 마음을 모른다면 무슨 까닭에 지는 꽃을 불어 보내는고. 봄산에 지는 꽃이 지고 싶어 지랴마는 시절을 이길 수 없어 힘없이 떨어지니 누구를 원망하고 누구를 탓하리오."

　새소리 지는 꽃에도 이처럼 이별의 한을 실어 보내며 한 걸음 가다가 돌아보고 두 걸음 걷고 눈물지으며 강가에 다다랐다. 뱃사람들은 뱃머리에 판자 걸쳐 놓고 기다리다가 심청이를 배 안으로 인도하여 실은 후에 닻을 감고 돛을 달아 여러 뱃사람이 소리한다.

　"어기야 어기야 어기양 어기양."

　소리와 함께 북을 둥둥 울리면서 노를 저어 배질할 때 배는 물 가

걸교(乞巧) 칠월 칠석날 밤에 달빛 아래서 바늘귀에 실을 꿰는 재주를 시험하는 놀이로 이것을 잘하면 바느질 솜씨가 는다고 함.

운데 둥실 떠서 나아간다.

　넓고 넓은 큰 바다에 물결이 아득하다. 흰 갈매기는 바닷가 갈대 숲으로 날아들고, 북쪽의 기러기는 남으로 돌아들 제 철썩이는 물소리는 어부의 피리 소린가 여기는데, 노래 소리 그치니 사람은 간데없고 물결만 푸르르다. 끝없는 바다를 바라보며 심청이 마음으로 만 가지 상념이 오간다.

　'노질하는 소리 중에 만고의 시름 있다더니 나를 두고 한 말이로구나.'

　장사(長沙)를 지나가니 가의태부(賈誼太傅) 간 곳 없고, 멱라수(汨羅水)를 바라보니 굴삼려(屈三閭) 죽음으로 간(諫)한 충성스런 혼백은 평안하신가. 황학루(黃鶴樓) 당도하니

　'해 저문 저녁날에 고향은 어디메뇨.

　강물에 서린 안개 시름겨워 하노라.'

하던 최호(崔顥)의 시구가 가슴을 저민다.

　봉황대(鳳凰臺)에 다다르니

　'삼산은 아득히 하늘로 솟아 있고

　강줄기 갈라져서 백로주 되었구나.'

　이태백이 놀던 데라. 심양강(尋陽江)에 이르니 백낙천(白樂天)은 어디 가고 비파 소리 끊겼다. 적벽강(赤壁江)을 그저 지날쏘냐, 소동파(蘇東坡) 놀던 풍월은 그대로 있다마는 만천하에 떨친 조조의 기개 어디 있느뇨. 달은 지고 까마귀 우는데 고소성(姑蘇城)에 배를 매니 한산사(寒山社) 쇠북 소리 뱃전에 떨어진다. 진회수(秦淮水) 건너갈 제 상녀(商女)는 나라 잃은 슬픔 잊고, 달빛 어린 강가에서 후정화만 노래한다. 소상강(瀟湘江) 들어가니 악양루(岳陽樓) 높은 집은

물 가운데 떠 있거늘 동남으로 바라보니 산은 첩첩 둘러 있고 강물은 끝이 없다.

소상팔경이 눈앞에 펼쳐 있어 찬찬히 둘러보니 물결이 아득하다. 우루룩 쭈루룩 오는 비는 아황 여영의 눈물인 양 반죽*의 썩은 가지에 점점이 맺혔으니 '소상강 밤비' 이를 두고 말함이다. 칠백 평 호수 맑은 물에 가을 달이 돌아오니 푸른 하늘빛이 강물에 어리었다. 늙은 어부는 잠을 자고 소쩍새만 날아드니 '동정호 가을달' 과연 아름답구나. 오나라 초나라 너른 물에 오고가는 장삿배는 순풍에 돛을 달아 북을 둥둥 울리면서 '어기야 어기야 이야' 소리하니 '먼 포구에 돌아오는 돛단배' 로다. 저 건너 어촌에는 집집마다 밥짓는 연기 나고 강 언덕 절벽 위에 저녁노을 비쳐 오니 '무산의 저녁 노을' 곱게도 어렸구나. 하늘에 갖가지 구름 뭉게뭉게 일어나서 한 떼로 둘렀으니 '창오산 저녁 구름' 이 아니며, 푸른 물 하얀 모래 이끼 낀 강 언덕에 시름을 못 이겨서 날아오는 저 기러기는 갈대 하나를 입에 물고 점점이 날아들며 끼룩끼룩 소리하니 '모래밭에 내려앉는 기러기' 네로구나. 상수로 울고 가니 옛 사당이 분명하다. 순임금 죽었단 소식 듣고 남쪽으로 달려온 아황 여영 혼백이라도 응당 있으려니 여겼더니 처량한 피리 소리에 눈물지니 '두 부인 모신 황릉묘' 가 여기로다. 새벽 쇠북 큰 소리에 경쇠 댕댕 섞여 나니 천리 뱃길 오는 먼 길손의 깊이 든 잠을 놀래 깨우고, 탁자 앞의 늙은 중은 아미타불 염불하니 '한산사 저녁 종' 소리 고즈넉이 울린다.

팔경을 다 본 후에 배 떠나려 할 때 한 줄기 바람이 일어나며 노리개 소리 들리더니 대숲 사이에서 두 부인이 신선갓을 높이 쓰고 안개빛 저고리에 석류빛 치마 입고 신을 끌고 나오며 심청에게 말을 건넨다.

"저기 가는 심 소저야, 너는 나를 모를 것이다. 창오산이 무너지고 상수의 물이 마른 뒤에야 반죽의 눈물 없어질 것이니, 천추에 맺힌

반죽(斑竹) 반점이 있는 대. 순임금의 죽음을 슬퍼하는 아황·여영 두 비의 눈물이 피가 되어 대나무에 묻어 반죽이 되었다는 전설이 있다.

깊은 한을 하소연할 곳이 없더니 지극한 네 효성을 하례하러 나왔단다. 요임금 순임금 돌아가신 지 수천 년이 지났으니 지금은 어느 때냐? 순임금이 오현금 만들어 직접 타신 남풍시(南風詩)가 지금도 전하느냐? 머나먼 물길에 조심해서 다녀오너라."

말을 마치고 홀연히 사라지니 심청이 혼자 생각에

'이는 순임금의 두 비가 분명하다.'

여긴다.

서산에 다다르니 큰 바람 불고 거센 파도 일며 찬 기운이 도는데 검은 구름이 감도는 가운데 한 사람이 나온다. 얼굴 크기가 커다란 수레 같고 두 눈 사이가 넓은데 가죽으로 몸을 싸고 두 눈을 딱 감고 심청을 불러서 소리한다.

"슬프다. 우리 오왕(吳王) 백비(伯嚭)의 참소 듣고 내게 촉루검(蜀鏤劒)을 내려 목 찔러 죽게 하고 가죽 자루로 몸을 싸서 이 물에 던졌구나. 애달프다. 장부의 원통한 마음 월나라 군사가 오나라를 멸망시키는 것을 똑똑히 보려고 내 눈을 빼어 동문 위에 걸고 왔더니, 과연 보았노라. 그러나 내 몸에 감긴 가죽을 누가 벗겨 주며 눈 없는 것이 한이로구나."

이 사람은 오나라 충신 오자서(伍子胥)가 분명하다.

바람이 자고 하늘이 맑게 개며 물결이 잔잔하더니 두 사람이 물가로 나온다. 앞의 한 사람은 왕자의 기상이요, 얼굴에는 나라를 걱정하는 기색이 서려 있고 옷차림이 남루하니 포로로 잡힌 초나라 사람이 분명하다. 눈물지으며 심청을 보고 하소연한다.

"애달프고 분하도다. 진나라에 속아 삼 년을 무관에 붙잡혀 고국을 바라보고 돌아가지 못했구나. 천추의 깊은 한이 초혼조(招魂鳥) 되었더니 원수 갚을 기회인 줄로 반겨 듣고 나왔다가 속절없이 동정호 달에 헛춤만 추었노라."

뒤에 선 또 한 사람은 얼굴이 창백하고 몰골이 수척하다.

"나는 초나라 굴원(屈原)이라. 회왕(懷王)을 섬기다가 자란(子蘭)의 참소를 만나 더러운 몸 씻으려고 이 물에 와서 빠졌더니 어여쁠사 우리 임금, 죽은 뒤에라도 섬기려고 이 땅에 와 모셨노라. 내 지은 이소(離騷)경에 '황제는 고양(高陽)의 후손이요, 내 아버지는 백용(伯庸)이다' 하였고, '초목이 가을을 당하여 이울어 떨어짐이여, 우리 님이 늦으실까 두렵다' 하였더니, 세상 선비 몇몇이나 이 글을 외우던고. 그대는 어버이 위해 효성으로 죽고 나는 충성을 다하였으니, 충효는 한 길이라 위로하고자 내가 왔노라. 바다 만 리 먼먼 길에 평안히 가옵소서."

여러 충신 열녀가 줄줄이 나타나 인사하거늘 심청이 생각하니 이것은 분명 죽을 징조다.

'죽은 지 수천 년 지난 혼백이 남아 있어 사람의 눈에 보이니 나도 귀신이라. 나 죽을 징조로다.'

이렇게 생각하며 슬피 탄식한다.

"물에서 잠을 잔 것이 몇 밤이며 배에서 밥을 먹은 지 몇 날이냐. 어언 네다섯 달이 물같이 지나가니 가을바람은 쌀쌀하게 저녁 때 일어나고 천지는 환하고 깨끗하게 빛나는구나. 당나라 시인 왕발(王勃)은

'저녁 노을 외로운 갈매기와 나란히 날고

가을 맑은 물은 긴 하늘과 한 빛이네.'

읊었더니 바로 눈앞에 펼쳐진 대로구나.

'끊임없이 낙엽은 쓸쓸히 지고

그침 없는 긴 강물은 출렁이며 흐른다.'

하였으니, 만고 시인 두보가 내 마음을 읊었구나.

강 언덕에 귤이 익으니 황금 조각 널린 듯하고 갈대에 바람 부니 그 꽃잎 날려 흰 눈이 흩날리는 듯하구나. 가랑비에 지는 잎은 곱게도 붉었는데 외로울사

어선들은 등불을 돋워 달고 어부가로 화답하니 그도 수심이라. 바닷가에 솟은 산은 봉마다 칼날 되어 물살을 가르는구나. '해 지는 장사 땅에 가을날 저무는데 아황 여영 조상(弔喪)할 곳 몰라' 애태우던 송옥(宋玉)의 비추부(悲秋賦)가 이에서 더할쏘냐. 동남동녀(童男童女)를 실었으니 진시황의 불로초 찾는 배인가, 비방 일러 주는 서불(西市)을 태웠으니 한무제의 신선 찾는 배인가. 지레 죽고 싶어도 뱃사람들이 지키고 섰으니 죽을 수도 없고, 살아가자 하니 고국이 아득하기만 하구나."

한 곳에 이르러 돛을 지우고 닻을 내리니 여기가 바로 인당수다. 갑자기 미친 듯한 큰 바람이 일어나며 바다가 뒤눕고, 물고기와 바다 용이 한바탕 큰싸움을 벌이는 듯, 벽력이 일어나는 듯 천지가 뒤집힌다. 대천 바다 한가운데서 일천 석 실은 배는 순식간에 노를 잃고 닻도 끊어지고 용총도 부러지고 키도 빠지니 바람이 불어오는 대로 물결 치는 대로 안개비에 뒤섞여 잦아진다. 갈 길은 천리 만 리나 남아 있고 사방은 어둑어둑 저물어 천지가 적막하며 까치놀* 떠오는데, 뱃전이 탕탕, 돛대도 와지끈, 순식간에 위태로워지니 도사공 이하 뱃사람들이 놀랍고 두려워 혼이 빠지는 듯하고 정신이 달아나는 듯한 가운데 서둘러 고사 준비를 차린다.

섬쌀로 밥을 짓고, 동이 술에 큰 소 잡아 왼쪽 다리 왼쪽 머리 사지를 갈라 올려놓고, 큰 돼지 잡아서 통째로 삶아 큰 칼 꽂아 기는 듯이 받쳐 놓고, 삼색 실과, 오색 탕수, 어동육서·좌포우혜·홍동백서* 방위 갖춰 차려 고여 놓고, 심청을 목욕시켜 깨끗한 소복 갈아입혀 상머리에 앉힌다.

북을 둥둥 치면서 고사할 제 도사공이 제문 지어 읽는다.

"두리둥 두리둥, 치떠잡아 삼심삽천, 내리떠잡아 이십팔수, 허궁천지 비비천과 삼황오제, 도리천 시왕(十王) 일이 등 마련하옵실 제 천상의 옥황상제며 지하의 십이제국 차지하신 황제 헌원씨와 공자 맹자 안자 증자 네 성현 법문 내고, 석가여래불도 마련이며, 복희씨 팔괘를 만들고, 신농씨 백 가지 풀 맛을 보아 약초 독초 가려내고, 헌원씨 배 만들어 물길 열어 다니게 하심을 뒷사람이 본을 받아 사농공상 업을 삼아 다 각기 살아가니 막대한 공이 아니시며, 하우(夏禹)씨 구년 홍수 배를 타고 다스렸고, 물길 따라 구획지어 물길을 돌렸으며, 오자서 오나라로 달아날 때 노를 저어 건네주고, 해성에서 패한 항우 장군 오강으로 돌아들 제 배를 매고 기다려 있고, 공명의 조화로 동남풍을 빌어내어 조조의 십만 대병 물과 뭍으로 화공하니 배 아니면 어찌하며, 도연명은 전원으로 돌아오고, 장한이 강동으로 돌아갈 제 이 또한 배를 타고, 임술년 가을 칠월에 조각배 띄워 놓고 소동파도 놀고, '지국총어사화' 하니 배를 저어 떠다님은 어부의 즐거움이고, 계수나무 돛대와 난초 노로 긴 개를 내려가니 오나라 월나라 아가씨들 연꽃 따는 배요, 재물 싣고 오가며 달을 보내고 해를 지냄은 장삿배가 이 아니냐.

우리 동무 스물네 명이 장사로 업을 삼은 지 십여 년에 조수 타고 여기저기 다니더니 인당수 용왕님은 산 사람을 제물로 받으시기로 유리국 도화동 사는 열다섯 살 난 효녀 심청을 제물로 드리오니 사해 용왕님은 고이고이 받자옵소서. 동해의 신 아명(阿明), 서해의 신 거승(巨勝)이며, 남해의 신 축융(祝融), 북해의 신 옹강(禺疆)이며, 칠금산 용왕님 자금산 용왕님, 개개섬 용왕님, 영각대감 성황님, 허리간의 화장성황님, 이물 고물 성황님네 다 굽어보옵소서. 물길 천 리 먼먼 길에 바람 구멍 열고, 낮이면 골을 넘어 접시에 물 담은 듯이, 배도 무쇠가 되고 닻도 무쇠

까치놀 석양에 멀리 바라다보이는 바다의 수평선에서 희번덕거리는 물결.

어동육서(魚東肉西)·좌포우혜(左脯右醢)·홍동백서(紅東白西) 제삿상에 음식을 차리는 순서. 생선은 동쪽 고기는 서쪽, 육포는 왼쪽 식해는 오른쪽, 붉은 과일은 동쪽 흰 과일은 서쪽에 놓는다.

가 되고 용총 마루 닻줄 모두 다 무쇠로 점지하옵고, 몰락하는 우환이 없삽고 물건 잃고 돈 잃는 액운을 모두 막아 주시어 억십만 금 이익을 내어 대 끝에 봉기(鳳旗) 질러 웃음으로 즐거워하고 춤으로 기뻐하게 점지하여 주옵소서."

제문 읽기를 마치자 다시 북을 두리둥 두리둥 치면서

"심청은 시각이 급하니 어서 바삐 물에 들라."

소리치니, 심청이 두 손을 합장하고 일어나서 하느님 전에 비는 말이

"비나이다 비나이다, 하느님 전에 비나이다. 심청이 죽는 일은 털끝만치도 섧지 아니하나 몸 불편하신 아비의 깊은 한을 생전에 풀려고 이 죽음을 당하오니 밝은 하늘은 깊이 감동하사 침침한 아비 눈을 밝게 밝게 띄어 주옵소서."

하고는 눈물지으며 다시 뱃사람들에게 당부한다.

"여러 선인님, 편안히 가옵시고 억십만 금 이익을 내어 이 물가를 지나거든 내 혼백 불러내어 무랍*이나 주오."

말을 마친 뒤 얼굴색을 바꾸지 않고 뱃전에 나서 보니 시퍼런 맑은 물은 월러렁 콸렁 뒤둥그러지고 물 굽이쳐서 물거품 부쩍 이는데, 심청이 기가 막혀 뒤로 벌떡 주저앉아 뱃전을 다시 잡고 기절하여 엎드린 모양은 차마 눈뜨고 보기 가련하다.

심청이 다시 정신을 차려 할 수 없이 일어나 온몸을 잔뜩 끼고 치마폭을 뒤집어쓰고 총총걸음으로 물러섰다가 푸르디 푸른 바다 속에 몸을 던지며

"애고애고, 아버지, 나는 죽소."

하며 뱃전에 한 발을 지칫하며 거꾸로 풍덩 빠진다.

꽃 같은 몸은 풍랑에 휩쓸리고 밝은 달은 물 속에 잠기니 아득한 창해에 좁쌀 한 알 빠진 듯하다.

새는 날 기운같이 순식간에 물결은 잔잔하고 바람은 잦아들며 안개

무랍 굿을 하거나 물릴 때에 귀신을 위하여 물에 말아 문간에 내두는 밥.

자욱하더니 가는 구름 머물렀고 맑은 하늘에 푸른 안개는 새는 날 동쪽 하늘처럼 스러지며 일기 맑고 순탄해진다.

도사공 하는 말이

"고사를 지낸 후에 일기가 순탄하니 심 낭자의 덕이 아니신가."

하니 모든 뱃사람이 다 한마음이다. 고사를 마치고 술 한 잔씩 먹고, 담배 한 대씩 피우고 슬슬 배 떠날 채비를 한다.

"자, 이제 출발합세."

"어, 그리 합세."

"어기야, 어기야."

애내성 한 곡조에 삼승 돛 짝을 채워 양쪽에 갈라 달고 남경으로 들어갈 때, 와룡수 여울물에 쏘아 놓은 화살같이, 기러기 발에 묶어 전한 편지 북해상에 기별 가듯이 순식간에 남경에 도착하였다.

이 때 하늘의 옥황상제께서 심청을 굽어보시다가 인당수 용왕과 사해 용왕 지부 왕에게 일일이 명을 내리신다.

"내일 하늘이 낸 효녀 심청이가 그곳에 갈 것이니 몸에 물 한 점 묻지 않게 하되, 만일 모시기를 조금이라도 실수하면 사해 용왕에겐 천벌을 주고 지부 왕은 그 자리에서 쫓아낼 것이니 한 치의 어긋남이 없도록 각별히 조심하라. 용왕이 사는 수정궁으로 모셔 들여 크게 잔치하고 곱게 단장하여 세상으로 돌려보내라."

옥황상제의 명령이 매우 엄하므로 사해 용왕과 각 바다 지부 왕이 모두 놀라고 두려워하여 수많은 바다 속 장수와 물 속 군사를 모을 제, 참군 큰 자라, 주부 작은 자라, 승지 도미, 비빈랑 낙지, 감찰 잉어, 수찬 송어, 한림 붕어, 수문장 메기, 청명사령 자가사리, 북어, 삼치, 갈치, 앙금, 방게, 수군 백관이며 백만 물고기 병사며, 무수한 선녀는 백옥 장식한 가마를 준비하고 그 때를 기다린다. 과연 시간이 되니 옥 같은 심 낭자가 물로 뛰어드므로 선녀들이 바삐 달려가 가마에 태운다.

이 때 심청은 푸른 바다 속에 몸이 빠져 죽는 줄만 알았다. 그런데 불현듯 오색 구름 영롱하고 향기로운 냄새 진동하더니 옥피리 소리가 은은히 들리므로 몸을 멈칫하며 주저하는데, 수많은 선녀가 부축하여 가마에 태우니 놀라 머뭇거리며,

"인간 세상의 천한 몸이 어찌 용궁의 가마를 타겠습니까?"

하니 여러 선녀가 여쭙는다.

"옥황상제님의 분부가 매우 엄하옵니다. 만일 타지 않으시면 우리 용왕님이 죄를 면치 못할 것이니 사양하지 마시고 어서 오르시옵소서."

심청이 그제야 마지못해 가마 위에 높이 앉으니 팔 선녀가 가마를 메고, 여섯 용이 옆에서 모시고 바다 속 장수들과 물 속 군사들이 앞뒤로 호위한다. 푸른 학을 탄 두 동자는 앞길을 인도하고 바닷물에 길을 만들어 풍악을 울리며 들어가니 하늘의 선관과 선녀들이 심 소저를 보려고 벌여 섰다.

태을선녀는 학을 타고, 적송자는 구름 타고, 사자 탄 갈선옹과 청의동자 백의동자, 쌍쌍 시비 취적성과 월궁 항아 서왕모며, 마고선녀, 낙포선녀와 남악부인의 팔 선녀 다 모였는데, 모두가 고운 옷차림에 좋은 패물을 달았고, 몸에서는 향기가 나고 풍악이 앞서 간다. 왕자진의 봉피리, 곽처사의 죽장고, 성연자의 거문고와 장자방의 옥퉁소, 혜강의 해금, 완적의 휘파람, 북 치고 피리 불며 '능파사' '보혜사' '우의곡' '채련곡'을 번갈아 노래하니, 그 풍류 소리 수궁에 가득 울린다.

수정궁으로 들어가니 과연 인간 세상과는 완연히 다른 별세계가 펼쳐진다. 남해 광리왕이 통천관* 높이 쓰고 백옥 홀* 손에 들고 호기 찬란하게 들어오니, 삼천팔백 수궁 주부 대신은 왕을 위하여 영덕전 큰 문 밖에 차례로 늘어서서 연달아 만세를 부른다. 심 낭자 뒤로는 백로 탄 여동빈, 고래 탄 이적선과 청학 탄 장여가 하늘을 날아다닌다.

집치레도 능란하고 대단하다. 고래 뼈를 높이 걸어 대들보 만들었으니 신령한 빛이 해같이 비치고, 물고기 비늘 모아 기와를 이었으니 상서로운 기운이 하늘에 서린다. 진주로 궁궐 짓고 은으로 장식하니 하늘의 해와 달, 별빛과 어울리고, 입은 옷은 인간의 옷과는 비길 바가 아니다. 산호로 만든 발은 광채도 찬란하고 인어가 짠 비단으로 휘장을 구름같이 높이 쳤다.

동쪽을 바라보니 큰 봉황새 높이 날아오르는데 쪽빛보다 푸른 물은 들보가에 둘러 있고, 서쪽을 바라보니 신선 노닐던 약수(弱水)가의 버들이 아득한데 한 쌍의 푸른 새 날아들고, 북쪽을 바라보니 저 멀리 솟은 산은 비취빛을 띠고 있다. 위쪽을 바라보니 붉은 햇빛 화사하게 비치는데 상서로운 구름이 위로는 하늘에 닿아 있고 아래로는 세상에 뻗쳐 있다.

음식을 둘러보니 세상 음식이 아니다. 신선 세계의 갖가지 진기한 음식이 빠짐 없이 차려 있다. 수정 소반, 옥돌 상, 유리 술잔, 호박 받침에 신선이 마시는 자하주(紫霞酒)와 천 날을 묻어 익힌 천일주(千日酒)에 기린 포로 안주하고, 호리병에 담긴 제호탕에 감로주도 들어 있고, 옥돌 소반에 반도 복숭아 담겨 있고, 한가운데에는 삼천 년에 한 번 열리는 벽도(碧桃)도 덩그렇게 고여 있다.

수궁에 머무를 때 옥황상제의 명이니 거행이 빈틈없다. 사해 용왕이 제각기 시녀를 보내 아침 저녁으로 문안하고 번갈아 호위하며 시중을 든다. 금으로 수를 놓은 비단옷에 꽃 같고 달같이 고운 얼굴과 몸가짐으로 제각기 어여쁨을 받고자 정성을 다한다. 교태를 부리며 웃는 시녀, 얌전하게 조심하는 시녀, 빼어나게 예쁜 시녀 들이 밤낮으로 모실 적에 삼일마다 작은 잔치 열고 오일마다 큰 잔치 열며, 상당에는 갖가지 비단이 백 필이요, 하당에는 진주가 서 되나 놓였다. 이렇게 모시고도 오히려 심청이 마음에 흡족하지 못할까 각별히 조심한다.

한편 무릉촌 장 승상 부인은 심청과 이별한 후 심청이 지은 글을 벽에 걸어 두고 날마다 바라보며 심 소저를 생각하는데, 심청이 떠난 후에도 오랫동안 색깔이 변하지 않더니 어느 날 글을 쓴 족자에 물이 흐르고 빛이 변하며 검어진다. 승상 부인이 그것을 보고

'이는 심 소저 물에 빠져 죽은 징조로다.'

여기며 깊이 슬퍼하는데, 바라보는 동안에 다시 물이 걷히고 빛이 도로 황홀해지니 부인이 이상하게 생각한다.

'혹시 누가 구하여 다시 살아났는가?'

그러나 다시 생각하니 그런 일이 있을 수 있으랴. 제물 갖추어 제를 올리고 심 소저 혼백이나 불러 위로코자 하였다.

그 날 밤 제물을 갖추어 제를 올리려고 심부름하는 하녀를 데리고 강가에 나갔다. 강가에 다다르니 밤은 깊어 삼경인데 첩첩이 싸인 안개는 산자락에 감겨 있고 모락모락 이는 내는 강물에 어려 있다. 한 조각 배를 저어 강 가운데 띄워 두고 배 안에다 제물 차린 다음 부인이 손수 잔을 부어 흐느끼며 소저를 불러 위로한다.

"오호, 슬프다 심 소저야, 죽기를 싫어하고 살기를 즐거워함은 사람 마음에 당연한 일이거늘, 오직 한 마음으로 길러 주신 아버님 은혜를 죽기로써 갚으려고 남은 명을 스스로 끊으니, 고운 꽃이 흩어지고 날던 나비 불에 드는 격이라 어찌 아니 슬플쏘냐. 한 잔 술로 위로하되 마땅히 소저의 혼이 아

통천관(通天冠) 황제가 정사를 보거나 조칙을 반포할 때 쓰는 관. 앞뒤에 12개의 양(梁)이 있고, 오채옥(五采玉) 12개를 꿰고, 옥잠(玉簪)과 옥끈을 갖추었다.

홀(笏) 벼슬아치가 임금을 만날 때 조복(朝服)에 갖추어 손에 쥐던 물건. 길이 한 자, 너비 두 치쯤이며, 얇고 길쭉하다.

니면 없어지지 아니하리니 고이 와서 흠향함을 바라노라.”

말을 마치고 눈물 뿌리며 통곡하니 천지 미물인들 감동하지 않을 수 있으랴. 두렷이 밝던 달은 구름 속에 숨고, 사납게 불던 바람도 고요하다. 용왕이 도왔는지 강물도 잔잔하고 모래밭에 놀던 갈매기도 목을 길게 빼고 끌룩끌룩 소리하며 지나던 어선들은 가던 돛대 머무른다. 뜻밖에 강 가운데에서 한 줄기 맑은 기운이 뻗어나와 뱃머리에 어리었다가 이윽하여 사라지며 날씨가 다시 맑아지거늘, 부인이 반겨 일어서서 보니 가득히 부었던 잔이 반이나 없어졌다. 이 어찌 소저의 넋이 아니랴, 부인이 못내 느꺼워하였다.

어느 날 수궁에서는 광한전 옥진 부인(玉眞夫人)이 오신다고 하여 수궁이 뒤눕는 듯하고 용왕이 겁을 내어 사방이 분주하다. 이 부인은 원래 심 봉사의 처 곽씨 부인이다. 어질고 음전하던 곽씨 부인 죽어 광한전 옥진 부인이 되었는데, 그 딸 심청이가 수궁에 왔단 말을 듣고 상제께 말미를 얻어 딸을 만나려고 오는 길이다.

심 소저는 오는 사람이 누구인지 모르고 다만 멀리서 바라볼 따름이다. 하늘 높이 무지개 찬란하게 걸린 가운데 오색으로 장식한 가마를 옥기린에 높이 싣고 벽도화(碧桃花) 단계화(丹桂花)를 좌우에 벌여 꽂고, 각 궁 시녀는 옆에서 모시고, 청학 백학은 앞길을 인도하고, 봉황은 춤을 추고, 앵무는 말을 전하는데 보던 바 처음이다.

이윽고 부인이 당도하여 가마에서 내려 섬돌에 올라서며 반가운 목소리로 심청을 부른다.

“내 딸 심청아!”

심청이 그제야 어머니인 줄 알아보고 왈칵 뛰어나가며 말한다.

"어머니 어머니, 나를 낳고 이레 안에 죽었으니 벌써 십오 년을 얼굴도 모르오니 천지간에 가없이 깊은 한이 갤 날 없더니 오늘날 이곳에 와서야 어머님을 뵙습니다. 이럴 줄 알았으면 떠나던 날 아버지께 이 말씀을 여쭈어서 나를 보내고 설운 마음 저윽이 위로할 것을, 우리 모녀는 서로 만나 보니 좋거니와 외로우신 아버님은 누구를 보고 반기시겠습니까? 어머님을 뵙고 보니 아버님 생각이 새롭습니다."

부인이 울며 말하기를,

"나는 죽어 귀하게 되어 인간 세상의 생각이 아득하다. 네 아버지 너를 키워 서로 의지하다가 너조차 이별하니, 너 오던 날 그 모습이 오죽했겠느냐. 내가 너를 보니 반가운 마음이야 네 아버지 너를 잃은 설움에 비길쏘냐. 묻노라, 네 아버지 가난에 절어 그 모습이 어떠하며 당연히 많이 늙었겠구나. 그간 수십 년에 어진 배필 만났으면 봉사님 남은 날에 고생을 면할 것을 이도 사람의 마음대로 아니 되는 일이로다. 뒷마을 귀덕 어미 너에게 극진하지 않더냐?"

하며 얼굴도 대어 보고 손발도 만져 보며 다시 말한다.

"귀와 목이 희니 네 아버지와 같기도 하구나. 손과 발이 고운 것을 보니 어찌 내 딸이 아니라 하겠느냐? 내 끼던 옥가락지 네가 지금 가졌구나. 수복강녕 태평안락 앞뒤로 새긴 돈, 붉은 비단 괴불 주머니 청홍 당사 벌매듭도 애고 네가 찼구나. 아버지 이별하고 어미를 다시 보니 고루 갖추기 힘든 것이 인간의 즐거움이로구나. 그러나 오늘 나를 다시 이별하고 네 아버지 다시 만날 줄을 네가 지금 어찌 알겠느냐? 광한전에서 맡은 일이 많아 오래 비우기 어려워 도로 이별하니 슬프고 애달픈 마음이야 헤아릴 길 없다마는 마음대로 못 하는 일이니 한탄한들 어찌하겠느냐? 이 다음에 다시 만나 즐길 날이 있을 것이다."

부인이 떨치고 일어서니 심청이 말리지 못하고 따를 수도 없는 일이라, 울면서 하직하고 수정궁에 머물렀다.

심 봉사는 딸을 잃고 모진 목숨 겨우겨우 부지하여 살아가는데, 도화동 사람들이 심청이 지극한 효성으로 물에 빠져 죽은 것을 불쌍하게 여겨 비석을 세우고 글을 지어 새겼다.

> 다만 아버지 두 눈 뜨게 하려고
> 제 몸 버려 효를 이루러 용궁에 갔구나.
> 연기 낀 물결 위에 그 마음만 떠 있으니
> 봄풀은 해마다 돋아나도 그 한은 끝이 없구나.

강가에 비를 세워 두니 오가는 사람 중에 그 글귀를 보고 눈물짓지 않는 이가 없고, 심 봉사는 딸 생각만 나면 그 비를 안고 운다.

동네 사람들이 심 봉사의 곡식과 돈을 착실히 늘려 주어 살림이 해마다 늘어 갔다. 이 때 한 마을에 서방질을 일쑤 잘하여 밤낮으로 발정난 개같이 눈이 벌개서 다니는 빵덕 어미란 여자가 있었는데, 이년이 심 봉사 재산 많은 것을 알고 스스로 찾아와 첩이 되어 살게 되었다.

이년의 입 버르장머리가 또 아랫도리 버릇과 같아서 한시 반때도 입을 놀리지 않으려고 한다. 양식 주고 떡 사먹기, 베를 내다 팔아 그 돈으로 술 사먹기, 정자 밑에서 낮잠 자기, 이웃집에 밥 붙이기, 동네 사람에게 욕설하기, 나무꾼과 싸움하기, 술 취하여 한밤중에 앙탈 부려 울음 울기, 빈 담뱃대 손에 들고 보는 사람마다 담배 청하기, 총각 꼬이기 등 온갖 나쁜 버릇을 다 갖추고 있다. 그러나 심 봉사는 여러 해를 혼자 살아온 터라 부부생활의 즐거움은 있어 빵덕 어

미 행실을 크게 나무라지 않는다.

　하지만 살림이 점점 어려워지니 심봉사 생각하다 못해 하루는 뺑덕 어미에게 타이른다.

　"여보 뺑덕이네, 우리 살림살이 따습다고 남이 다 수군수군했는데, 요사이 웬일로 형편이 자꾸 나빠져서 도리어 빌어먹게 되어 가니, 이 늙은 것이 다시 빌어먹자 한들 동네 사람 보기도 부끄럽고, 내 신세도 기박하니 어디 낯을 들고 다니겠나."

　뺑덕 어미 대답이 뻔뻔하기 짝이 없다.

　"봉사님, 여태 잡수신 게 무엇이오? 식전마다 해장하신다고 잡수신 죽 값이 여든두 냥이오. 저렇게 갑갑하다니까. 낳아서 키우지도 못한 것 밴다고 살구는 어찌 그리 먹고 싶던지 살구 값이 일흔석 냥이오."

　심 봉사 속은 타고 기가 막혀 헛웃음 웃으며 대답한다.

　"야, 살구는 너무 많이 먹었다. 그렇지마는 계집 먹은 것은 쥐 먹은 것이라 하니 알아서 쓸데없다. 우리 남은 세간 다 팔아 다른 마을로 나가세."

　"그도 그러하오."

　그리하여 남은 가재 도구를 모두 팔아서 이고지고 정처없이 떠나갔다.

　하루는 옥황상제께서 사해 용왕에게 명을 내린다.

　"심 소저 좋은 인연 찾아 떠날 날이 가까우니 인당수로 돌려보내어 좋은 때를 놓치지 말게 하라."

　분부가 엄하거늘, 사해 용왕이 명을 듣고 심 소저 내보낼 준비를 한다.

　큰 꽃송이에 심청을 태우고 두 시녀를 시켜 곁에서 모시게 하고, 아침저녁 먹을 것과 금은보화를 많이 넣고 옥화분에 고이 담아 인당수로 나올 때 사해 용왕이 친히 나와 전송하고 각 궁의 시녀가 축복 담긴 인사를 한다.

"소저는 인간 세상에 나가옵셔서 부귀와 영광으로 만만세를 즐기옵소서."

심청이 대답하기를,

"여러 왕의 덕을 입어 죽을 몸이 다시 살아 세상에 나가오니 이 은혜 말로 다 할 수 없습니다. 모든 시녀도 정이 깊도다. 떠나기 섭섭하오나 이승과 저승이 길이 다르니 이별하고 가거니와 수궁의 귀하신 몸 내내 평안하옵소서."

하고 하직하고 돌아서니 순식간에 꿈같이 인당수에 도착한다.

바다 위에 두렷이 떠서 수면을 영롱하게 하니 천신의 조화요 용왕의 신령함이다. 바람이 불어도 끄떡이 없고 비가 와도 흘러가지 않는다. 오색 구름이 꽃봉오리에 어리어 둥덩실 떠 있을 때, 남경 갔던 뱃사람들이 억십만 금의 이문을 얻고 고국으로 돌아온다. 인당수에 다다라서 배를 멈추고 제물을 정갈히 차려 용왕께 제를 지내며 축원하기를,

"우리 일행 수십 명의 모든 액을 없애 주시고 뜻한 대로 소망을 이루어 주옵시니, 용왕님의 넓으신 은혜와 덕에 한 잔 술로 정성을 드리오니 뜻을 합하고 마음을 하나로 모아 흠향하옵소서."

하고 제를 마친 다음, 제물을 다시 차려 심청의 혼을 불러 슬픈 말로 위로한다.

"하늘이 내신 효녀 심 소저는 늙은 아버지 눈뜨게 하려고 이팔 청춘 꽃다운 몸이 죽음을 두려워하지 않고 푸른 물에 외로운 혼백이 되었으니 어찌 아니 가련하고 불쌍하랴. 우리 뱃사람은 소저를 인연하여 장사에 이문을 내고 고국으로 돌아가거니와 소저의 꽃다운 넋이야 어느 날에 다시 돌아올까? 가다가 도화동에 들러 소저의 부친 살았는가 생사는 알고 가오리다. 한 잔 술로 위로하니, 만일 혼백이라도 있거든 공손히 바라건대 영혼은 흠향하옵소서."

제를 마치고 제물을 풀고, 눈물을 씻으며 한 곳을 바라보니 한 송이 꽃봉오리

가 바다 가운데 둥덩실 떠 있다. 뱃사람들이 이상히 여겨 저희끼리 의논한다.

"아마도 심 소저의 영혼이 꽃이 되어 떴나 보다."

가까이 가서 보니 과연 심청이 빠졌던 곳이다. 마음에 깊이 감동하여 꽃을 건져 내고 보니 크기가 수레바퀴만해서 두세 사람이 넉넉히 앉을 만하다.

"이 꽃은 세상에 없는 꽃이니 이상하고 괴이하다."

꽃을 소중히 싣고 올 때, 배 빠르기가 마치 화살 같아 네다섯 달 걸릴 길을 며칠 만에 달려가니 이도 이상한 일이다.

돌아와서 억십만 금 남은 이익금을 각기 나누어 가질 때, 도선주는 무슨 마음에선지 재물을 마다하고 꽃봉오리만 차지하여 자기 집 깨끗한 곳에 단을 쌓고 두었더니 향기가 온 집안에 가득하고 오색 구름이 둘렀다.

이 때 송나라 천자께서는 황후가 세상을 버리신 뒤 새로이 간택을 아니하시고 화초를 구하여 심어 두고 즐기셨다. 갖가지 화초를 구하여 상림원에 채우고 황극전 뜰 앞에도 여기저기 심어 두고 화려한 꽃과 진기한 나무를 벗삼아 지내실 제 화초가 많기도 많다.

팔월 부용 군자요, 연못 그득 맑은 물에 홍련화며, 그윽한 향내 뿜어 달밤에 소식 전하는 매화며, 복사꽃 붉은 송이 여기저기 벌여 있고, 고운 여인 손톱 물들이려고 금절구에 넣어 찧는 봉선화며, 구월 구일 술 빚어 즐기는 국화며, 공자 왕손 꽃그늘에 풍류 읊는 모란화며, 하얀 꽃잎 땅에 덮여 구중궁궐 수놓는 배꽃이며, 칠십 제자 강론하는 살구나무 살구꽃이며, 천태산 들어가니 산기슭에 고이 핀 작약이요, 촉나라 망한 한을 못 이기어 피 토한 두견화며, 촉국 백국 시월국이며, 교화 난화 산당화며 장미화에 해바라기, 주작화 금선화와 능수화에 견우화며, 영산홍 자산홍에 왜철쭉 진달래 백일홍이며, 난초 파초에 강진향이요, 그 가운데에 전나무와 호도나무 석류나무 승백목이며, 치자나무 잣나무 소나무 밤나무 감나무 은행나무며, 자두 능금 도리목이며, 오미자 탱자 유자나무, 포도 다래 으름 넝쿨 너울너울 각색으로 층층이 심어 두고 때를 따라 구경하실 제, 바람이 건듯 불면 우질우질 넘놀며 울긋불긋 떨어지며 벌 나비 새 짐승이 춤추며 노래하니 천자께서 재미를 붙여 날마다 구경하신다.

이 때 남경 뱃사람이 대궐 안의 소식을 듣고 문득 생각하였다.

'옛사람이 벼슬을 등지고 천자를 생각하니, 나도 이 꽃을 가져다가 천자께 드린 후에 정성을 나누리라.'

이렇게 생각하고 인당수에서 얻은 꽃을 옥 화분에 옮겨 심고 대궐 문 앞에 당도하여 뜻을 천자께 아뢰게 하였다. 천자께서 말을 듣고 크게 반가워하시어 그 꽃을 들여다가 황극전에 놓고 보니 빛이 찬란하여 해와 달의 빛이 다시금 살아나는 듯하고, 크기가 비할 데 없이 크고 향기가 특별히 향긋하니 세상 꽃이 아님이 분명하다.

'달 속에 계수나무 그림자가 뚜렷이 보이니 계수나무 꽃도 아니요, 선계의 요지(瑤池)에 벽도화(碧桃花) 있다 하나 동방삭이 따 온 후에 삼천 년이 아직 못 되니 그도 아니라. 서역국의 연꽃 씨가 떨어져서 꽃이 되어 바다에 떠 왔는가?

이리저리 생각하시며, 그 꽃을 '강선화'라고 이름 짓고 자세히 살펴보니 붉은 안개가 서리어 있고, 상서로운 기운이 공중에 가득하다. 천자께서 크게 기뻐하시어 꽃밭에다 옮겨 놓으니 모란꽃 부용꽃이 다 빛이 바랜 듯하고, 매화 국화 봉선화는 모두 다 스스로 신하라고 겸손해 한다. 천자께서 지금껏 즐기시던 다른 꽃을 다 버리시고 오직 이 꽃만을 벗삼으신다.

하루는 천자께서 당나라의 옛일을 본받아 궁녀에게 명하시어 화청지에서 목욕하고 달을 따라 꽃밭을 거니시는데, 밝은 달빛은 뜰에 가득하고 미풍은 자는 듯 고요하다. 그 때 강선화 봉오리가 문득 움직이는가 싶더니 가만히 벌어지며 무슨 소리가 들리는 듯하다. 천자 몸을 숨기고 가만히 살펴보니 아름다운 용녀가 얼굴을 반만 들고 꽃봉오리 밖을 살며시 내다보더니 사람 기척이 있음을 보고 도로 후리쳐 들어간다.

천자께서 보시니 한순간에 몸과 마음이 황홀하여지고 궁금한 생각이 가득 차서 아무리 서서 기다려도 다시는 꼼짝도 않는다. 가까이 가서 꽃봉오리를 가만히 벌리고 보시니 한 어린 처녀와 두 미인이 있으므로 천자 반기시어 물으신다.

"너희가 귀신이냐, 사람이냐?"

미인이 즉시 내려와서 땅에 엎드리며 여쭙되

"소녀는 남해 용궁의 시녀이온데 소저를 모시고 바다로 나왔다가 감히 천자의 모습을 범하였사오니 몸둘 바를 모르겠사옵니다."

하거늘 천자께서 마음속으로 생각하시되,

'상제께옵서 좋은 인연을 보내심이로다. 하늘이 주시는 것을 받지 않으면 이 좋은 기회는 다시 오지 않으리니 배필을 정하리라.'

하시어 곧 결혼할 것을 결정하시었다. 그 날로 즉시 태사관을 시켜 좋은 날을 잡으라 하니 오월 오일 갑자일로 정해졌다.

소저를 황후로 봉하여 승상의 집으로 모신 후에 태사관이 정한 혼인 날이 되자 명을 내리신다.

"이런 일은 지금까지 없었으니 가례의 모든 절차를 특별히 조심하여 거행하라."

분부가 특별히 엄하고 자세하니, 천자의 이러한 지시가 또한 처음이다.

천자 잔치 마당에 나와 서시니 꽃봉오리 속에서 두 시녀가 소저를 부축하여 모셔 나온다. 그 모습은 마치 북두칠성의 좌우 보필이 갈라 선 듯 온 궁중이 휘황하여 바로 쳐다보기가 어려울 지경이다.

나라의 큰 경사라 천하의 죄수들을 용서하여 풀어 주고, 남경 갔던 도선주를 특별히 무장태수에 봉하시고, 조정의 모든 신하는 '황제폐하 만세'를 외치고, 나라 안 온 백성이 장수하고 부귀하며 아들 많이 낳기를 진심으로 축원한다.

심 황후의 덕이 높아 온 나라에 미치니 해마다 풍년이 들어 요순 임금의 태평 성대가 다시 온 듯하였다. 그러나 심 황후는 몸은 부귀하여 더 바랄 것이 없으되 마음속에는 한 가지 근심이 떠날 줄을 모르니 다만 아버지 생각뿐이다.

하루는 근심을 이기지 못해 시종을 데리고 옥난간에 기대섰는데, 밝은 가을 달은 산호 발에 비쳐 들고, 귀뚜라미 슬피 울어 울적한 심사를 더욱 깊게 한다. 때마침 밤하늘에 외로운 기러기 울면서 날아오니 황후 반가운 마음에 기러기 바라보며 말을 건넨다.

"오느냐 너 기러기, 거기 잠깐 머물러서 내 하는 말을 들어라. 흉노에 잡힌 한 나라 소정랑이 북해에서 편지 전하던 기러기냐? 푸른 물 흰 모래밭에 그리움을 못 이겨서 날아오는 기러기냐? 도화동에 계신 우리 아버지 편지를 매고 네가 오느냐? 이별한 지 삼 년에 소식을 모르는데 내가 이제 편지를 써서 네게 줄 터이니 부디부디 속히 전하여 다오."

방에 들어가서 상자를 얼른 열고 두루마리 종이 끌러 놓고 붓을 들고 편지를 쓰려 하니 눈물이 먼저 떨어진다. 점점이 떨어진 눈물에 글자는 먹칠이 되고 급한 마음에 말이 뒤섞인다.

"슬하를 떠나 온 지 세 해가 지났사오니 아버님 그리워 쌓인 한이 바다같이 깊사옵니다. 그간에 아버님 몸 편히 계시온지 그리운 마음 그지없음을 삼가 아뢰옵니다. 불효녀 심청은 뱃사람들을 따라갈 제, 하루 열두 시에 열두 번이나 죽고 싶되 틈을 얻지 못하여서 대여섯 달을 물에서 자고, 마침내는 인당수에 가서 제물로 빠졌습니다. 다행히 황천이 도우시고 용왕이 구하옵셔서 세상에 다시 나와 지금 천자의 황후가 되었으니 부귀영화가 비길 데 없사오나, 가슴 속에 맺힌 한이 깊어 부귀에도 뜻이 없고 살기도 원하지 아니하되, 다만 원하옵기는 아버님 다시 뵈온 후에 그 날 죽사와도 한이 없겠나이다.

아버지 나를 보내고 겨우 지내시는 마음 문에 기대서서 생각하는 줄은 분명히 알거니와, 돌아가셨다면 혼이 가로막아 있고, 살아 계시다면 액운이 막고 있어서 부모 자식 간 천륜이 끊겼나이다. 그 사이 삼 년 만에 눈을 뜨셨사오며, 동네 사람들에게 맡긴 돈과 곡식은 그대로 있어 보존하시는지요? 아버지 귀하신 몸을 아무쪼록 상하지 않게 하옵소서. 쉬이 뵈옵기를 천만 바라옵고 천만 바라옵나이다."

날짜를 얼른 써서 나와 보니 기러기는 간데없고, 아득한 구름 밖에 은하수만 기울어졌다. 다만 별과 달이 여전히 밝고 가을 바람이 쓸쓸하다. 하는 수 없이 편지를 접어 상자에 넣고 소리 없이 눈물짓는다.

이 때 천자께서 내실에 들어오시어 황후를 바라보니 두 눈가에 근심이 가득하다. 청산은 석양에 잠긴 듯하고, 얼굴에 눈물 자국이 있으니 노란 국화가 햇빛 아래 이우는 듯하다. 천자 이상히 여겨 물으신다.

"무슨 근심이 계시관대 눈물 흔적이 있습니까? 귀하기로는 황후가 되었으니 천하에 제일이요, 부하기는 온 천하를 차지하였으니 사람 중에 으뜸이라. 무슨 일이 있어서 이렇듯 슬퍼하시오?"

"신첩이 과연 크게 바라는 바가 있사오나 감히 여쭙지 못하였습니다."

"크게 바라는 바라니, 무슨 일인지 자세히 말씀해 보시오."

천자께서 자상히 물으시매 황후 다시금 꿇어앉아 여쭙는다.

"신첩은 본래 용궁 사람이 아니오라 황주 도화동에 사는 맹인 심학규의 딸인데, 아버지 눈을 뜨게 하려고……."

공양미 삼백 석에 뱃사람들에게 몸이 팔려 인당수 물에 제물로 빠진 사연을 자세히 여쭈니 천자 들으시고 대답하신다.

"그러하시면 어찌 진작 말씀을 안 하시었소? 어렵지 아니한 일이니 너무 근심하지 마시오."

황후를 위로하고, 다음 날 조회를 마친 뒤에 조정의 여러 신하와 의논하시고

"황주로 사자를 보내어 심학규를 부원군의 예우로 모셔 오라."

하고 명을 내리시니, 황주 자사 장계를 올려 고하였다.

"과연 본주 도화동에 맹인 심학규가 있었으나, 연전에 마을을 떠나 지금은 사는 곳을 알지 못한다 하옵니다."

황후 그 말을 들으시고 망극한 마음을 이기지 못하여 눈물 흘리며 크게 탄식하시니, 천자께서 간곡히 위로하여 말씀하신다.

"죽었으면 어쩔 수 없거니와 살아 있으면 만날 날이 있지 설마 찾지 못하겠소?"

황후 그 말에 크게 깨달으시어 천자께 여쭙는다.

"신첩에게 한 계책이 있사오니 그리 하여 주옵소서. 이 나라 백성 중에 왕의 신하 아닌 이가 없사옵니다. 백성 중에 불쌍한 자는 늙은 홀아비와 늙은 과부, 부모 없는 어린아이와 자식 없는 늙은이라 하였사오나 그 중에 더욱 불쌍한 것이 몸이 온전치 못한 병신이요, 병신 중에도 맹인이 더욱 불쌍하옵니다. 하오니 천하의 맹인을 모두 모아 맹인 잔치를 하옵소서. 저희가 하늘과 땅과 해와 달을 보지 못하고 희고 검고 길고 짧은 것을 알지 못하고, 부모 처자를 보아도 보지 못하여 가슴에 맺힌 한을 풀어 주옵소서. 그러하오면 그 가운데 혹 신첩의 아비를 만나겠사오니 신첩의 소원일 뿐 아니오라 나라를 화평하게 다스리는 일도 될 듯하오니 어떠하온지요?"

천자께서 크게 칭찬하시며 즉시 허락하신다.

"황후는 과연 여인 중에 요순이로소이다. 당장 그리 하십시다."

즉시 천하에 반포하시기를,

"양반 서인을 가릴 것 없이 모든 맹인은 이름과 사는 곳을 장부에 적어 각 읍으로 올려 보내라. 잔치에 참예하게 하되, 만일 맹인 하나라도 이 영을 몰라서 참예하지 못하는 자가 있으면 감사와 고을 수령은 엄중히 죄를 물으리라."

하고, 명이 밝고도 엄하시니 천하 각 도 각 읍이 놀랍고 두려워 지체 없이 거행하였다.

이 때 심 봉사는 빽덕 어미를 데리고 이리저리 다니는 중에 황성에서 맹인 잔치 연다는 말을 듣고 빽덕 어미에게 말하기를,

"사람이 세상에 났으니 황성 구경 한번 해보세. 낙양 천리 멀고 먼 길을 나 혼자 갈 수 없으니 나와 함께 황성에 가는 게 어떻겠소? 낮에는 길을 가고 밤에는 우리 할 일 못 하겠소? 어서 가세."

하니 빽덕 어미 순순히 대답한다.

"그리 합시다."

그리하여 그 날 당장 길을 떠나 여러 날 걸려 한 역마을에 이르러 잠을 자게 되었다.

마침 그 근처에 황 봉사라는 사람이 있는데, 이 사람은 반소경이고 살림도 넉넉한 편이었다.

이 사람이 빽덕 어미가 음탕하여 서방질을 일쑤 잘한단 소리를 일찍부터 듣고 빽덕 어미 한번 보기를 평생 소원하였는데, 빽덕 어미가 심 봉사와 함께 온다는 말을 듣고 주막 주인과 짜고 빽덕 어미를 빼내려고 하였다. 주막 주인이

황 봉사가 시킨 대로 뺑덕 어미를 이리저리 구슬리니 뺑덕 어미도 슬며시 마음이 움직인다.

'막상 내가 따라가더라도 잔치에는 참예할 수 없을 것이고, 돌아와도 형편이 전 같지 않으니 살 길이 전혀 없지. 차라리 황 봉사를 따라가면 말년 신세는 편하겠구나.'

뺑덕 어미 마음을 정하고 약속을 단단히 받아 낸 다음 심 봉사 잠들면 달아날 생각으로 일부러 자는 체하고 누웠다가 심 봉사 잠이 깊이 든 것을 보고 두 말 않고 달아난다.

이런 줄도 모르고 달게 자던 심 봉사가 잠결에 음흉한 생각이 나서 일어나 옆을 만져 보니 뺑덕 어미 없으므로 손길을 내밀며 불러 본다.

"여보, 뺑덕이네, 어디 갔는가?"

그러나 뺑덕 어미는 벌써 털속 좋은 황 봉사에게 가서 궁둥이 세움을 하고 있으니 대답할 리가 없다. 뺑덕 어미는 아무 기척이 없고 웃목에 놓인 고추섬에서 쥐란 놈이 바스락거린다. 심 봉사 그 소리 듣고 뺑덕 어미가 장난하는 줄만 알고 두 손을 쩍 벌리고 일어서며,

"나더러 기어오란 말인가?"

하고 더듬더듬 더듬으니 쥐란 놈이 놀라 달아난다. 심 봉사 허허 웃으면서

"이것 요리 간다."

하고 이 구석 저 구석 쫓아다니니 쥐가 아주 달아나고 말았다. 다시 아무런 기척이 없으므로 심 봉사 가만히 앉아서 생각하니 속절없이 속은 것이 분명하다.

"여보, 주인네, 우리 집 마누라 안에 들어갔소?"

"그런 일 없소."

심 봉사 그제야 아주 달아난 줄 알고 한탄하며 하는 말이,

"여봐라 뺑덕 어미, 날 버리고 어디 갔는가? 이 무상하고 고약한 계집아. 황성

천리 멀고 먼 길에 누구를 동무 삼아 가리오?"

하며 한참 울다가 파뜩 정신을 차리고 손을 휠휠 뿌리치며 스스로 꾸짖는다.

"아서라 아서. 이년, 내가 너를 생각하는 것이 천지 분간 못 하는 코맹맹이 아들놈이다. 공연히 그런 잡년에게 정을 주었다가 살림만 날리고 길에서 낭패하니 모두 내 팔자 탓이지 누구를 원망하고 누구를 탓하랴. 어질고 음전한 곽씨부인 죽는 것도 보고 살았고, 천하에 둘도 없는 효녀 심청이도 생이별하여 물에 빠져 죽는 것을 보고도 살았는데, 하물며 저만한 인연을 잊지 못한다면 개아들놈이지."

마치 누구와 마주 앉아 이야기하듯 그렇게 혼자 중얼대다가 날이 밝자 다시 길을 떠난다.

때는 오뉴월이라 땀이 흘러 등을 적시고 날씨는 무더워서 걸음 걷기가 힘들다. 마침 시내를 만나 잠시 더위를 식힐 양으로 냇가에 옷을 벗어 놓고 봇짐 풀어 놓고 목욕하고 나와 보니 아뿔싸, 옷과 봇짐이 간데없이 사라졌다. 강가를 이리저리 헤매며 사방을 더듬더듬 더듬는 모습은 마치 사냥개가 메추리 냄새를 맡은 듯하다. 미친 듯이 이리저리 더듬어 본들 있을 리가 없다.

심 봉사 오도가도 못 하게 되어 소리내어 통곡하며 넋두리를 늘어놓는다.

"애고애고, 낙양 천리 멀고 먼 길을 어찌 가리. 네 이놈 좀도둑놈의 새끼야, 하필이면 내 것을 가져가서 나에게 이리 못할 짓을 시키느냐? 많고 많은 부잣집에 먹고 쓰고 남는 재물이나 가져다가 쓸 것이지 눈먼 놈의 것을 갖다 먹고 온전하겠느냐? 빨래하는 아낙네 없으니 누구에게 가서 밥을 빌며 옷이 없어졌으니 누가 나에게 옷을 주리. 귀머거리 절름발이 병신은 다 섭다 하나 온 세상 두루 보고 해와 달과 별을 우러러보며, 희고 검은 것과 길고 짧은 것 온갖 것을 분별하는데, 무슨 놈의 팔자로 소경이 되었는고."

한창 이렇게 서럽게 울며 탄식하고 있는데 때마침 황성 갔다가 내려오는 무릉 태수 행렬이 지나간다.

"이놈 물렀거라. 오험! 에이 냅더바란 흐트러진 박석 수문 돌돌 바라도리야."

한창 이렇게 와자지끈 떨떨거리며 내려오니, 심 봉사 "물렀거라"는 소리 반겨 듣고,

'옳다, 어느 고을 원이 오나 보다. 억지나 좀 써 보자.'

이렇게 작정하고, 잔뜩 벼르고 앉아 있다가 행렬이 가까이 오자 부자지를 거머쥐고 엉금엉금 기어 들어간다. 좌우 나졸들이 심 봉사 꼴을 보고 달려들어 밀쳐 내니 심 봉사 무슨 유세나 하듯 기세가 등등하다.

"네 이놈들아, 내게 이리 하였겠다? 내가 지금 황성에 가는 소경이다. 네 이름은 무엇이며 이 행차는 어느 고을 행차인지 썩 일러라."

한창 이렇게 실랑이를 하고 있으니 무릉 태수 묻기를,

"너 내 말을 들어라. 어디 사는 소경이며, 어찌하여 옷은 벗었으며, 무슨 말을 하고자 하느냐?"

하니 심 봉사 여쭈되,

"소생은 황주 도화동에 사는 심학규라 하옵니다. 황성으로 가는 길에 날이 몹시 더워 갈 수가 없기로 잠깐 목욕하고 나와 보니 어느 패씸한 좀도둑놈이 옷과 봇짐을 모두 가져가서 낮도깨비 꼴이 되어 오도 가도 못 하는 신세가 되었습니다. 옷과 봇짐을 찾아 주시거나 따로 마련해 주시옵소서. 그러지 아니하시면 못 갈 수밖에 달리 길이 없사오니 나으리께옵서 특별히 헤아려 주시기를 바라나이다."

하였다. 무릉 태수가 이 말을 듣고 불쌍히 여겨 이른다.

"네 말을 들으니 공부는 좀 하였나 보다. 억울한 사정을 글로 써서 올려라. 그런 다음에야 옷과 여비를 줄 것이니라."

심 봉사 대답하기를,

"글은 좀 아옵니다만 눈이 어두우니 형방 아전을 붙여 주시면 불러서 쓰게 하겠나이다."

하니, 태수가 형방을 시켜 받아쓰게 한다.

심 봉사 억울한 사연을 부르는데 서슴지 않고 좍좍 지어 올린다. 태수가 받아 보니 그 내용이 이러하였다.

내 하늘에 죄를 지어 타고난 팔자 기박하여
천지간에 해와 달보다 밝은 것이 없거니와
두 눈 어두워 보지 못하고
부부간의 정보다 더 즐거운 것 없거니와
아내가 죽고 없어 이도 얻을 수 없으니 한스럽네.
일찍이 청운의 뜻 품었건만
늘그막에 헤어 보니 한 일 없이 머리만 세었으니
눈물은 흘러 옷깃 적시고
풀 길 없는 깊은 한에 눈자위만 찡그리도다.
아침 저녁 몰라보게 늙어 감은 살갗 만져 알겠노라.
입에 풀칠하려 하니 이리저리 밥을 빌고
옷은 몸을 가리지 못하니 어디에서 얻어 오리.
우리 임금 거룩하사 맹인 잔치 열어 주니
밝은 봄볕 골짜기마다 비치어
동서남북 사방으로 서울에서 시골까지 미치도다.
갈 길은 멀고 먼데 가진 것은 지팡이 하나뿐이요,
살림이 가난하니 있는 것은 허리에 찬 바가지 하나뿐이라.
날씨가 너무 더워 냇가에서 목욕하는 사이

의복과 보따리를 백사장에서 잃었으니

오가는 나그네들 틈에서 봇짐과 노자 찾을 길 없어라.

내 신세 생각하니 울에 막힌 양이로다.

벌거벗은 맨몸은 낮에 나온 도깨비요

혼자 슬피 우는 양은 그림자 없는 귀신이라.

엎드려 생각건대 나으리는 어질고 밝은 관리시니

화살 맞은 새를 구하여 주시고 물 잃은 고기를 살려 주시오.

고금에 없는 이 어려움 구해 주시면

이 세상 다시 살게 하신 은혜 칭송할 터이니

밝게 살펴서 처분해 주소서.

태수가 심 봉사 글솜씨를 칭찬하고 통인 불러 고리짝* 열고 옷 한 벌 내어 주고 급창 불러 가마 뒤에 달린 갓 떼어 주고 수행 관리 불러 노잣돈 주신다. 그러자 심 봉사 말하기를,

"신이 없어 못 가겠소."

하니 태수가,

"신이야 어쩔 수 있겠느냐. 하인의 신을 주려고 하나 저희라고 발을 벗고야 갈 수 있겠느냐?"

하는데, 마침 그 중에 마부질을 심하게 하는 놈이 있었다. 이놈이 말 탄 손님의 돈을 일쑤 잘 발라내는데, 말 죽 값도 한 돈이 들어가면 열두 닢을 울궈 내고, 신이 멀쩡한데도 떨어졌다고 우겨 신 값을 뺏어내어 신을 사서 말 궁둥이에 매달고 다녔다. 태수가 그놈의 행실을 괘씸하게 여겨

"그 신을 떼어 주라."

하니 급창이 달려들어 떼어 준다. 심 봉사 신을 얻어 신은 후에 다시 억지를 쓴다.

"그 도적놈이 오동나무로 수(壽) 자 복(福) 자 새긴 대통*에 담배 마침 맞게 채워서 아직 불도 붙여 보지 않는데 가져갔으니 오늘 가면서 먹을 담뱃대 없소."

"그러면 어찌하잔 말인가?"

"글쎄 그렇단 말씀이오."

태수가 어이없어 웃으시고 담뱃대를 내주신다. 심 봉사 얼른 받고는 담배를 청한다.

"황송하오나 나으리 담배 한 대 맛보았으면 좋을 듯하오."

태수가 방자 시켜 담배를 내주시니, 심 봉사 하직하고 황성으로 올라가면서 소리내어 울며 탄식한다.

"다행히 어진 수령 만나 옷은 얻어 입었으나 길을 가르쳐 줄 사람 없으니 어떻게 찾아갈까?"

이렇게 탄식하며 길을 가다가 한 곳에 이르렀다. 나무 그늘 우거지고 푸른 풀은 숙어졌는데 앞내의 버들은 푸른 휘장 두른 듯하고 뒷내의 버들은 초록 휘장 두른 듯 펑퍼져 휘늘어졌다. 심 봉사 나무 그늘을 의지하여 잠시 쉬는데 온갖 새가 날아든다. 훨훨 나는 뭇 새가 서로 말을 주고받듯 즐거이 지저귀며 짝을 지어 왔다갔다 날아들 제,

> 말 잘하는 앵무새며 춤 잘 추는 학두루미
> 수오기 따오기며 청망산 기러기 갈매기 제비 모두 날아들 제
> 장끼는 낄낄, 까투리는 푸두둥, 방울새 덜렁, 호반새 수루룩
> 온갖 잡새 날아든다
> 만수문전 풍년새며, 저 쑥국새 울음 운다
> 이 산으로 가면서 쑥국쑥국 저 산으로 가면서 쑥국쑥쑥국
> 저 꾀꼬리 울음 운다
> 머리 곱게곱게 빗고 물 건너로 시집가자
> 저 까마귀 울고 간다
> 이리로 가며 갈곡 저리로 가며 까옥
> 저 집비둘기 울음 운다

고리짝 고리나 대오리로 엮어서 상자같이 만든 물건으로 옷을 담는 데 쓴다.

대통 담배통. 짧게 자른 설대의 끝에 맞추어 담배 담는 부분을 붙여서 만든다.

콩 하나를 입에 물고 암놈 수놈이 어루려고
둘이 혀를 빼어물고 구루우구루우 어루는 소리할 제

심 봉사가 점점 들어가니 뜻밖에도 나무하는 아이들이 낫자루 손에 들고 지게 목발* 두드리면서 목동가를 노래하며 심 봉사를 보고 희롱한다.

만첩 청산은 일발 층층 높아 있고
청산 녹수는 가득 차서 깊어 있다
좁은 세상에 너른 바다가 여기로다
지팡막대 비껴 들고 천리강산 들어가니
너른 천지 높은 하늘 이 산속이 놀기 좋다
동산에 앉아 휘파람 불고 맑은 시냇가에 앉아 시를 짓네
산천 기세 좋거니와 남해 풍경 그지없다
좋은 경치 못 이기어 칼을 빼어 높이 들고
녹수청산 그늘 속에 오락가락 내다보니
동서남북 산천을 오며 가며 구경하니
원근 산촌 두세 집에 저녁 안개 잠겼어라
심산처사 어드메냐 물을 곳이 어렵도다
무심할손 저 구름은 맑은 물에 어려 있다
유유한 까마귀는 청산 속에 왔다갔다
황산곡이 어드메뇨 오류촌이 여기로다
영적은 소를 타고 맹호연 나귀 탔네
두목지 보려고 백낙천변 내려가니
장건은 배를 타고 여동빈 백로 타고
맹동야 너른 들에 와룡강변 내려가니
팔진도 축지법은 제갈공명뿐일쏘냐
이 산속에 들어오신 심 맹인이 분명하다
이리저리 노닐면서 종일토록 내 즐기니

산수를 즐기면서 인의예지하오리라
솔바람은 거문고요 폭포로 북을 삼아
자잘한 시비 말고 흥에 겨워 노닐 적에
아침날 깨온 술을 점심 지어 다 먹으며
황총 피리 손에 들고 자진곡을 노래하니
상산사호 몇몇인고 나와 함께 다섯이오
죽림칠현 몇몇인고 나 더하면 여덟이라
고소성 밖 치산사에 저녁 종소리 여기로다
시왕전에 경쇠치는 저 노승아
삼천세계 극락전에 인도환생하는구나
아미타불 관음보살 정성으로 외는데
극력 안심하여 옛사람을 생각하니
주나라 강태공은 위수에서 고기 낚고
유현주 제갈량은 남양운중 밭을 갈고
이승기절 장익덕은 유리촌에 걸식하고
이 산중에 들어오신 심 맹인도 때를 기다리라

나무하는 아이들이 이렇게 심 봉사를 빗대어 노래 부른다. 심 봉사, 나무하는 아이들과 헤어져 한 발 한 발 여러 마을을 지나니 벌써 황성이 가까웠다. 낙수교를 얼른 지나 서울 근교로 들어가니 한 곳에 방아* 찧는 집이 있어 여자들이 방아를 찧는다.

심 봉사 잠깐 더위를 피하려고 방아집 그늘에 앉아 쉬는데, 여러 사람이 심 봉사를 보고 말을 건다.

"애고, 저 봉사도 잔치에 오는 봉사인가 보오. 요사이 봉사들 한 세상 만났네. 저리 앉아 있지 말고 방아나 좀 찧어 주지."

심 봉사 그제야 마음속으로 짐작하기를,

'옳지 양반집 종이 아니면 상놈의 아낙네로다. 그렇다면 한

지게목발 지게 몸채의 아랫부분. 동발이라고도 함.
방아 곡식을 찧는 틀. 땅에 절구 확을 묻고 긴 나무채의 한 끝에 공이를 끼고 다른 한 끝을 눌렀다 놓았다 하여 찧음. 디딜방아와 물레방아로 나뉨.

번 놀려나 봐야겠다.'

하고 대답한다.

　"천리 타향에서 산 넘고 물 건너서 힘들게 오는 사람더러 방아 찧으라 하기를 내 집안 어른더러 하듯이 하네. 무엇이나 좀 줄 양이면 찧어 주지."

　"애고, 그 봉사 음흉하여라. 주기는 무엇을 주어, 점심이나 얻어먹지."

　"점심 얻어먹자고 찧어 줄까?"

　"그러면 무엇을 주어야 할꼬? 고기나 줄까?"

　심 봉사 '하하' 웃고 받아넘긴다.

　"그것도 고기는 고기지. 하지만 주기가 쉬울라고?"

　"줄지 아니 줄지 어찌 아나? 방아나 찧고 보지."

　"옳지, 그 말이 반허락이렷다."

　심 봉사 방아에 올라서서 떨구덩떨구덩 찧으면서 짐짓 말한다.

　"방아 소리는 잘하지마는 뉘라서 알아 주리."

　여러 계집종이 그 말을 듣고 졸라 대니 심 봉사 견디지 못하고 방아 소리를 한다.

　　　어유아 어유아 방아요
　　　태고라 천황씨는 목덕(木德)으로 왕하시니 이 나무로 왕하신가
　　　어유아 방아요
　　　유소씨는 나무에다 집 지으니 이 나무로 집을 얽은가
　　　어유아 방아요
　　　신농씨 나무로 따비* 만드니 이 나무로 따비를 한가
　　　어유아 방아요
　　　이 방아가 뉘 방아요 각 댁 하님 가죽방안가
　　　어유아 방아요

떨구덩떨구덩 허첨허첨 찧은 방아, 강태공이 만든 방아

어유아 방아요

적적공산 나무 베어 이 방아를 만들었네

방아 만든 제도 보니 이상하고 이상하다

사람을 본떴는가 두 다리를 벌려 내어

고운 얼굴에 비녀 보니 한 허리에 잠* 찔렀네

어유아 방아요

길고 가는 허리를 보니 초패왕의 우미인 넋일런가

그네 타고 놀던 발로 이 방아를 찧것구나

어유아 방아요

머리 들고 있는 양은 푸른 바다 늙은 용이 성을 낸 듯

머리 숙여 좇는 양은 주란왕 조아림인가

어유아 방아요

오고대부 죽은 후에 방아 소리 끊겼더니

우리 임금 착하시어 국태민안하옵신데

하물며 맹인 잔치 고금에 없었으니

우리도 태평성대에 방아 소리나 하여 보세

어유아 방아요

한 다리 높이 밟고 오르락내리락하는 양과

실룩벌룩 삐쭉삐쭉 조개로다

어유아 방아요

얼씨구 좋을씨구 지화자자 좋을씨고

흥에 겨워 이렇게 노니 여러 계집종이 듣고 깔깔거리며 웃는다.

"요 봉사, 그게 무슨 소린고, 자세히도 아네. 아마도 그리로 나
왔나 보네."

"그리로 나온 게 아니라 해보았지."

따비
풀뿌리를 뽑거나 밭을 가는 농기구. 주로 돌이 많은 땅을
갈 때 쓰는 기구로 코끼리 이빨처럼 생긴 두 날의 것, 말굽쇠
모양의 것, 통날로 된 주걱 모양, 송곳 모양의 것이 있다.

잠(簪)
본래의 뜻은 비녀. 여기서는 방아의 지름목을 가리킴.

앞뒤에서 박수를 치며 깔깔 웃는다. 그럭저럭 방아를 찧고 점심 얻어먹고 봇짐에다 술을 넣어 지고 지팡막대를 쥐고 나서며 인사한다.

"자 마누라들, 그리들 하오. 잘 얻어먹고 가네."

"어 그 봉사, 심심치 않아서 사람은 좋은데, 잘 가고 내려올 때 또 오시오."

심 봉사 거기서 하직하고 성안으로 들어가니 억만 장안이 모두 다 소경이라, 서로 딱딱 부딪쳐서 다니기 어렵다. 한 집 앞을 지나가는데 한 여인이 문 밖에 섰다가 심 봉사를 부른다.

"저기 가는 사람이 심 봉사 아니시오?"

"거 누군고? 나를 알 사람이 없는데 누가 나를 찾나?"

"여보, 댁이 심 봉사 아니오?"

"그렇기는 하오만 어찌 이러는고?"

"그럴 만한 일이 있으니 거기 잠깐 기다리시오."

잠시 후 여인이 나오더니 집안으로 데리고 들어가서 사랑에 앉히고 저녁상을 들여온다. 심 봉사 혼자 생각하기를,

'이상한 일이로다. 어찌 된 일인고?'

하면서 밥상을 보니 반찬이 또한 별스럽게 좋아서 맛있게 먹고 나니 이윽고 날이 저물어 황혼이 되었다. 그 여인이 다시 나와서 안으로 들기를 권한다.

"여보시오, 봉사님. 나를 따라 안방으로 들어갑시다."

"이 집에 바깥 주인이 있는지 없는지 그것은 모르거니와 어찌 남의 안방으로 들어가겠소?"

"예, 그것은 허물하지 마시고 나만 따라오시오."

"여보시오, 무슨 우환이 있어 이러시오? 나는 동토경*도 읽을 줄 모르오."

"여보, 헛말씀 그만하고 들어가 보시오."

막무가내로 지팡막대를 끌어당기니 끌려가며 의심이 덜컥 난다.

'아뿔싸, 내가 아마도 보쌈*에 걸렸나 보다. 어떡하지?'

이렇게 군말을 하며 대청에 올라가 자리에 앉으니 동쪽 편에 앉은 한 여인이 묻기를,

"심 봉사시오?"

대답하기를,

"어찌 아오?"

"아는 도리가 있습니다. 먼 길에 평안히 오셨습니까? 내 성은 안가요, 황성에서 대대로 살아왔는데 불행히도 부모님이 모두 돌아가시고 홀로 이 집을 지키고 있습니다. 올해 나이는 스물다섯인데 아직 시집을 못 가고 있답니다. 일찍이 점치는 법을 배워 배필 될 사람을 찾고 있었는데, 얼마 전에 한 우물에 해와 달이 떨어져 물에 잠긴 것을 내가 건져 품에 안는 꿈을 꾸었답니다. 해와 달은 사람의 눈이라, 해와 달이 떨어지니 나와 같은 맹인인 줄 알고, 물에 잠겼으니 심씬 줄 알고, 일찌감치 종을 시켜 문앞에 지나가는 맹인에게 차례대로 물은 것이 벌써 여러 날째입니다. 하늘이 도우셔서 이제야 만나니 연분인가 합니다."

심 봉사 '픽' 웃고 대답한다.

"말이야 좋소마는 그러하기가 쉽겠소?"

안씨 맹인이 종을 불러 차를 들여오게 하여 권한 후에 다시 묻는다.

"사시는 곳은 어디오며 어떤 분이신지요?"

동토경
동토는 동티라고도 하며, 흙을 다루는 일을 하다가 지신(地神)이 성을 내게 하여서 입는 재앙. 동토경은 이렇게 하여 생긴 재앙을 없어지게 하려고 읽는 경문.

보쌈
원래는 귀한 집 딸이 둘 이상의 남편을 섬기게 될 팔자일 때 그 팔자 땜을 시키려고 그 수효대로 밤에 남의 남자를 보에 싸서 잡아다가 관계를 맺고 죽이던 풍습. 여기에서 연유하여 뜻밖에 누구에게 붙잡혀 가는 일을 비유하기도 한다.

심 봉사가 자기 신세 앞뒤 사정을 낱낱이 말하며 눈물을 흘리니 안씨 맹인이 위로하고 그 날 밤 함께 잠자리에 들었다.

한창 좋을 고비에 둘이 다 없는 눈이 벌떡벌떡하는데 서로 알 수가 있나? 사람은 둘이라 눈을 합하면 넷이로되 담배씨만큼도 보이지 않으니 달리 할 일이 없어 잠을 자고 일어나니, 주린 판이요 첫날밤이니 오죽 좋으랴. 그러나 심 봉사 시름에 잠겨 앉아 있으므로 안씨 맹인이 묻는다.

"무슨 일로 즐거운 빛이 없으시니, 제가 도리어 무안합니다."

심 봉사 대답하기를,

"내 본디 팔자가 기구하여 평생을 두고 경험한 것이 막 좋은 일이 있을 만하면 무슨 일이 생기고 생기더니 간밤에 또 좋지 못한 꿈을 꾸었는데 평생 불길할 징조 같소이다. 내 몸이 불에 들어가고, 가죽을 벗겨 북을 매고, 또 나뭇잎이 떨어져서 뿌리를 덮었으니 아마도 나 죽을 꿈이 아닌가 하오."

안씨 맹인이 듣고 말하기를,

"그 꿈이 참 좋습니다. 꿈은 반대라 꿈에 나쁜 일을 보면 생시에 좋은 일이 생긴다고 했습니다. 잠깐 해몽을 해보겠습니다."

하고, 세수하고 향을 사르고 단정히 꿇어앉아 산통*을 높이 들고 주문을 읽은 후에 점괘를 풀어 글을 짓는다.

몸이 불 속에 들었으니 만날 기약 있겠고
가죽을 벗겨 북을 만드니 가죽은 궁성(宮聲)이라 궁에 들어갈 징조요
나뭇잎이 뿌리로 돌아가니 자손을 만나리라.

"좋은 꿈이니 대단히 반갑습니다."

심 봉사 웃으며 대답한다.

"속담에 천부당만부당이요 가죽과 살이 서로 다르다고 했고, 지어낸 말이라

고 했소. 내 본래 자식이 없으니 만날 자손이 있을 턱이 없고, 또 맹인 잔치에 참예하면 궁에 들어가고 나랏밥도 먹는 짝이니, 그야 꿈풀이 아니해도 이미 정해진 일 아니오?"

안씨 맹인이 다시 말한다.

"지금은 내 말을 믿지 않으시지만 두고 보세요. 반드시 좋은 일이 있을 것입니다."

아침밥을 먹은 후에 대궐 문밖에 이르니 벌써 맹인 잔치에 들라 한다. 맹인들이 우루루 몰려 들어가니 궁궐 안이 오죽 좋으랴마는 모두가 눈이 없으니 한결같이 빛이 거무칙칙하고 소경 냄새가 진동한다.

이 때 심 황후는 여러 날을 맹인 잔치를 하면서 맹인 명부를 아무리 들여놓고 보아도 심씨 맹인이 없으므로 혼자 탄식하기를,

'이 잔치를 베푼 것은 아버지를 뵙고자 한 것인데 아버지를 뵙지 못하였구나. 내가 인당수에서 죽은 줄만 아시고 슬퍼하시다가 돌아가셨는가, 아니면 몽운사 부처님이 영험하시어 그 사이 눈을 떠서 천지 만물을 다 보시게 되어 맹인축에서 빠지셨는가? 오늘이 마지막이니 직접 나가 보리라.'

하고 뒤뜰에 앉으셔서 맹인 잔치를 시키시는데 음악도 흐드러지고 음식도 풍성하다. 잔치를 끝낸 후에 맹인 명부를 들여오라 하여 옷 한 벌씩을 내어 주시니 맹인들이 다 절하고 받아 가는데, 명단에 들지 못한 맹인 하나가 우두커니 서 있다. 황후께서 보시고 상궁을 보내 물으신다.

"어떠한 맹인인고?"

심 봉사 겁을 내어 사실대로 대답한다.

산통(算筒) 장님이 점칠 때 쓰는 산가지를 넣는 통.

"저는 집이 없어 하늘과 땅을 집으로 알고 발길 닿는 대로 밥을 빌며 떠돌아 다니는 터라 정해 놓고 사는 데가 없으므로 명단에도 들지 못하고 제발로 들어 왔나이다."

황후 반가워하시며 가까이 들어오라 하시니 상궁이 영을 받들어 심 봉사의 손을 끌어 별전으로 들어가는데, 심 봉사 까닭을 몰라 겁을 내어 걸음을 제대로 옮기지 못할 지경이다. 별전에 들어가서 계단 아래 섰으니 얼굴은 몰라보게 달라지고 흰 머리카락이 듬성듬성하다. 황후는 삼 년을 용궁에서 지냈으니 아버지 얼굴이 가물가물하여 물어 본다.

"처자식은 있으시오 ?"

심 봉사 땅에 엎드려 눈물을 흘리면서 여쭙는다.

"여러 해 전에 아내가 죽고 태어난 지 이레도 채 안 되어 어미 잃은 딸 하나가 있었는데, 눈 어두운 가운데 어린 자식을 품에 품고 동냥젖을 얻어먹여 근근이 길렀습니다. 이 자식이 점점 자라면서 효성이 지극하여 옛사람을 앞서더니 요망한 중이 와서 공양미 삼백 석을 시주하면 눈을 떠서 볼 것이라고 하였습니다. 제 딸자식이 그 말을 듣고 '아버지 눈뜨신단 말을 듣고 어찌 가만 있으랴' 하고 는, 달리는 마련할 길이 전혀 없으므로 저도 모르게 남경 뱃사람들에게 몸을 팔아 인당수에 제물로 빠져 죽었으니 그 때 열다섯 살이었습니다. 눈도 뜨지 못하고 아까운 자식만 잃었지요. 자식 팔아먹은 놈이 세상에 살아서 쓸데없으니 죽여 주시옵소서."

황후 눈물을 흘리시며 그 말을 자세히 들으니 아버지가 분명하다.(부모 자식 간의 천륜이 어찌 그 말이 끝나기를 기다리랴만 말을 만들자니 그런 것이었다.)

심 봉사의 말이 채 끝나기도 전에 황후 버선발로 뛰어 내려와서 아버지를 안고

"아버지, 내가 인당수에 빠져 죽었던 심청입니다."

하고 울부짖으니 심 봉사 깜짝 놀라서

"이게 웬말이냐?"

하는데, 어찌나 반갑던지 뜻밖에도 두 눈에서 딱지 떨어지는 소리가 들리면서 두 눈이 활짝 밝아진다. 심 봉사 눈뜨는 소리에 자리에 가득 찬 맹인들 눈이 희번덕 짝짝 까치 새끼 밥먹이는 소리같이 소란한 소리를 내더니 뭇소경이 한꺼번에 눈을 떠서 밝은 세상을 보게 되었다.

집안에 있는 소경, 계집 소경도 눈이 다 밝아지고, 배 안의 맹인, 배 밖의 맹인, 반소경, 청맹과니까지 모조리 다 눈이 밝아지니 맹인에게는 천지 개벽이다.

심 봉사 반갑기는 반가우나 눈을 뜨고 보니 도리어 처음 보는 얼굴이다. 딸이라고 하니 딸인 줄은 알건마는 한 번도 보지 못한 얼굴이라 오히려 낯이 설다. 하지만 죽은 줄만 알았던 딸을 다시 보고 너무나 좋아서 죽을 둥 살 둥 춤을 추며 노래한다.

　　　얼씨구 절씨구 지아자자 좋을씨고
　　　홍문연 높은 잔치에 항우 장군 아무리 춤 잘 춘들 내 춤을 어찌 당하며
　　　한고조 말 위에서 천하를 얻을 적에 칼춤 잘 춘다 할지라도 어허 내 춤 당할쏘냐
　　　어화 창생들아 아들 낳기 힘쓰지 말고 딸 낳기 힘쓰시오
　　　죽은 딸 심청이를 다시 보니 양귀비가 죽어 환생했는가
　　　우미인이 다시 살아왔는가
　　　아무리 보아도 내 딸 심청이지
　　　딸 덕으로 어두운 눈을 뜨니 해와 달이 빛을 내어 다시 좋도다
　　　별이 뜨고 구름 이니 온갖 만물 화답하며 노래한다
　　　태평성대 다시 보니 얼씨구 좋을씨구
　　　아들 낳기 좋다 말고 딸 낳기 힘쓰란 말 나를 두고 이름이라

다른 소경들은 영문도 모르고 덩달아 춤을 춘다.

　　　지아자 지아자 좋을씨고 어화 좋구나

세월아 세월아 가지 마라
돌아간 봄 또다시 돌아오건마는
우리 인생 한번 늙어지면 다시 젊기 어려워라
옛 글에 일렀으되 좋은 때는 만나기 어렵단 말
만고 명현 공자 맹자 말씀이요
우리네 인생살이 무슨 일 있으랴

다 함께 노래하며 '산호 산호 만세'*를 부른다.

그 날 바로 심 봉사에게 조복*을 입혀 임금과 신하의 예로 인사하고 다시 내전에 들어가서 여러 해 쌓인 회포를 말씀하며 안씨 맹인의 일까지 낱낱이 이야기한다. 황후가 들으시고 비단 가마를 내보내어 안씨를 모셔 들여 아버지와 함께 계시게 하였다. 천자께서는 심학규를 부원군에 봉하시고 안씨를 정렬부인에 봉하셨다.

또 장 승상 부인에게는 특별히 금과 은을 많이 내리시고, 도화동 사람들에게는 부역을 면제해 주시고 금과 은을 상으로 내리시어 마을의 어려운 일을 도와 주라고 하시니 도화동 사람들이 바다 같고 하늘 같은 은혜 칭송하는 말이 천지에 진동한다.

무릉 태수를 불러 예주 자사로 승진시키고,

"황 봉사와 뺑덕 어미를 즉시 잡아들이라."

엄하게 분부하시니, 예주 자사 삼백예순 관청에 사람을 풀어 황 봉사와 뺑덕 어미를 잡아 올렸다. 천자 대청에 높이 앉아 황 봉사와 뺑덕 어미를 불러들여,

"네 이 못된 년아, 산 첩첩하고 밤은 깊은데 천지 분간도 못 하는 맹인을 두고 황 봉사 얻어 가는 것이 무슨 뜻이냐?"

하고 꾸짖어 물으니,

"역마을에서 주막 하는 정연이라는 사람의 계집 꾐에 빠져 그리 하였소이다."

대답하므로 천자가 더욱 크게 노하여 뺑덕 어미를 능지처참한 후에 황 봉사를 불러 꾸짖는다.

"네 이 나쁜 놈아, 너도 맹인이 아니냐? 남의 아내를 꾀어 가면 너는 좋겠지만 잃은 사람은 불쌍하지 않더냐? 속담에 꽃을 탐하는 미친 나비란 말이 있지만 어찌 그럴 수가 있느냐? 네 한 짓은 죽어 마땅한 일이지만 특별히 귀양을 보내니 원망하지 말라. 뒷날 세상 사람들이 이런 불미한 일을 본받지 못하게 하려는 뜻이니라."

이렇게 나무라니 온 조정 대신이며 천하의 백성이 천자의 높은 덕을 칭송하였다.

심 황후의 덕이 온 나라 안에 덮여 집집마다 자손이 번창하고, 나라 안에 걱정거리가 없어 태평 시절이 이어지니 백성이 저마다 축복하여 말하기를,

"만세 만세 억만세를 길이길이 이어 가시기를 바라오며, 끝도 없고 한도 없이 누리시기를 엎드려 비옵니다."

하였다.

이러한 때에 심 황후가 천자에게 여쭙는다.

"이러한 즐거움이 없사오니 태평연을 베푸시는 것이 어떠하올지요?"

천자께서 옳게 여기시고 천하에 널리 알려 뛰어난 기생과 명창을 다 불러 잔치를 벌인다. 천자 황극전에 앉으시고 모든 조정 대신을 모아 즐기실 때, 천하의 제후들이 모여들어 나라 안의 갖가지 진기한 특산물을 바친다. 제일 가는 명창과 뛰어난 기생을 거의 다 모았으니 태평성대 만난 백성은 곳곳에서 춤추며 노래한다.

하늘이 내신 효녀
우리 황후 높으신 덕

온 나라에 덮였으니
요순 같은 태평성대
노래하는 즐거움이
널리널리 퍼지나니
바닷물로 태평주 빚어
임금 백성 함께 취해
길이길이 즐겨 보세
오늘 같은 태평연에
누가 아니 즐길쏘냐

이렇듯 노래할 때 천자와 부원군이 황극전에 자리잡고 춤 잘 추는 이, 노래 잘하는 이를 불러들여 춤추고 노래하며 위아래가 함께 즐기며 삼 일 동안 잔치 한 후에 천자와 황후와 부원군이 모두 궁으로 돌아가셨다.

그 후 황후와 정렬부인 안씨가 같은 해 같은 달에 아기를 잉태하여 같은 달에 낳으니 둘 다 아들이다. 아버지가 아들 보셨단 말을 듣고 황후 어지신 마음에 자기 일은 제쳐 두고 천자께 말씀드리니 천자 또한 반갑게 여기시어 음식과 금은 비단을 많이 내리시고 예관을 보내어 위문하신다.

부원군이 팔순을 바라보는 늙은 나이에 아들 낳고 기쁜 마음 헤아릴 길이 없어 밤낮 없이 즐기는 터에 또한 천자께서 금은 비단이며 음식과 예관을 보내 오시니 황공하고 감사하여 몸 둘 바를 모르고 엎드려 절하여 예를 바친다. 예관을 맞아들여 천자의 은혜에 못내 감사하는데, 황후께서 기뻐하여 또한 금은보화를 마련하고 예관을 보내 위문하신다. 부원군이 더더욱 기꺼워하며 서둘러 예

복을 갖추어 입고 예관을 따라 별궁에 들어가 황후를 뵙는다. 황후께서도 아들을 낳으셨으니 즐거움을 표현할 길이 없다. 황후가 아버지 손을 잡고 옛 일을 생각하며 한편 기뻐하고 한편 슬퍼하니 천자도 슬퍼하신다.

부원군이 집에 돌아왔다가 명관을 따라 대궐 섬돌 아래서 천자를 알현하니 천자께서 크게 칭찬하신다.

"들으니 경이 늘그막에 귀한 아들을 얻었다 하는데, 짐의 태자와 같은 해 같은 달 같은 뿌리에서 나왔으니 어찌 반갑지 않으리오? 뒷날 아이가 자라나서 말을 분간하게 되면 나랏일을 의논하겠소."

부원군이 겸손하게 대답한다.

"공자께서도 말씀하시기를 '아들 낳기가 어려운 것이 아니라 기르기가 어렵고, 기르기가 어려운 것이 아니라 가르치기가 어렵다' 고 하였으니, 뒷날을 기다려 보겠나이다."

집에 돌아와 아이 생김새를 보니 활달한 기상과 빼어난 골격이 넉넉히 옛 성인을 본받을 만하다. 이름을 태동이라 지었다. 태동이 자라 열 살이 되매 총명과 지혜가 견줄 데가 없고, 시서음율에 막히는 것이 없으니 부모의 사랑함이 손안에 든 구슬에 비할 바가 아니다.

무정한 세월이 물 흐르듯 하여 어느덧 태동의 나이 열세 살이 되었다. 이 때 황후께서 태자를 여의고자 하시되 동생과 아들을 같은 달 같은 날에 결혼시킬 뜻을 천자께 여쭈니 천자도 기꺼워하시며,

"널리 배필을 찾아보라."

하고 영을 내리신다.

마침 좌강로* 권성운에게 딸 하나가 있는데 덕행이 뛰어나고 재주가 비상하며 인물은 우미인보다 낫다고 일컬었다. 또 연왕의 딸 안양 공주가 덕행이 특별히 뛰어나고 일을 처리함이 민첩하다고 소문이 났다. 공주와 권 소저가 나이 또

한 똑같이 열여섯 살로 태자와 태동의 배필이 되기에 꼭 알맞다.

천자 이 소문을 듣고 연왕과 권 강로를 대궐에 들라 하여 어전에서 청혼하시니 두 사람이 즉시 허락한다. 천자께서 물으시기를,

"권 소저로 태자의 배필을 정하고 연왕의 공주로 태동의 배필을 삼음이 어떠하뇨?"

하시니 모두가

"옳으신 말씀이옵니다."

하고 찬성하니, 황후와 부원군과 온 조정이 모두 즐거워한다.

즉시 태사관을 불러 날을 받으라고 하시니 삼월 보름이 좋은 날이라고 한다. 나라 안의 크나큰 경사라, 삼월 보름이 되자 크게 잔치를 베풀고 각 지방의 제후와 모든 조정 대신이 차례로 둘러서 있는 가운데, 두 부인을 삼천 궁녀가 앞뒤 좌우로 부축하여 교배상* 앞으로 인도한다. 해 같고 달같이 훤하게 잘생긴 두 신랑은 백관이 모셨으니 북두칠성의 좌우 보필이 모신 듯하다. 두 신부는 달 같고 꽃 같은 고운 모습에 푸른 저고리 빨간 치마를 입고, 칠보로 단장하여 온갖 패물을 허리 위에 늘어뜨리고 머리에는 화관을 썼다. 삼천 궁녀 가운데 가장 어여쁜 미녀를 뽑아 두 낭자를 좌우에서 모셨으니 월궁의 항아라도 이보다 더 황홀하지는 못할 듯하다. 비단으로 수놓은 휘장을 공중에 높이 치고 교배석에 나아가니 온 궁중이 순식간에 휘황해지는 듯, 그 화려한 모습을 말로는 다 그려낼 길이 없다.

두 신랑이 각기 전안*에 폐백 드린 후에 처소로 돌아가니 동방화촉 첫날밤에 원앙이 푸른 물을 만난 듯 맑은 정으로 은은히 밤을 지냈다. 아침에 일어나 태자가 권 강로

좌 강로 벼슬 이름.

교배상(交拜床) 결혼식을 할 때 신랑 신부가 상을 가운데 두고 양쪽에서 마주 보고 서로 절을 하는데, 이 상을 교배상이라 한다.

전안(奠雁) 결혼하는 날 신랑이 예식을 치르러 신부 집에 갈 때 가지고 가는 기러기. 초례상(醮禮床) 위에 놓고 신랑이 두 번 절한다. 옛날에는 산 기러기를 썼으나 지금은 나무 기러기를 쓴다.

부부에게 인사드리니 권씨 부부 즐거워함은 이루 헤아릴 수 없다. 태동도 연왕 부부를 뵙는데 왕과 왕후 못내 반기시며 기꺼워한다.

즉시 태자에게 연락하여 조회에 들어가 엎드려 절하니 천자께서 즐거워하시며 부원군을 들라 하여 함께 앉아 두 신랑의 인사를 받으시고, 백관의 아침 인사를 받으신 후 조정에 말씀을 내리신다.

"짐이 일찍부터 태동을 조정에 들이고자 하였으나 장가 들기 전이라 지금까지 벼슬을 주지 못하였는데, 경들의 의견은 어떠하오?"

문무 백관이 아뢰었다.

"인물이 뛰어나니 즉시 벼슬을 내리소서."

이에 천자께서 즉시 태동을 들라 하여 품계와 관직을 주신다. 한림학사 겸 간의태부 도훈관에 이부 시랑의 벼슬을 내리시고, 그 부인은 왕렬부인에 봉하시고 금은 비단을 많이 내리고 말씀하신다.

"경이 전에는 공부하는 학생이라 나라의 정사를 돕지 아니하였거니와 오늘부터는 나라의 녹을 먹는 신하가 되었으니 정성을 다해 나라 일을 도우라."

시랑이 엎드려 절하고 물러나와 어머니를 뵈오니 즐기고 반기는 마음을 어찌 말로 다 할 수 있으랴. 또 별궁에 들어가 황후께 인사를 올리니 황후 마음 가득 넘치는 즐거움을 넌지시 누르고 짐짓 물으신다.

"신부가 어떠하더뇨?"

태동이 자리에서 물러서며 대답한다.

"정숙하더이다."

황후께서 또 물으신다.

"오늘 아침 입시하여 무슨 벼슬을 받았느냐?"

태동이 대답하기를,

"이러이러하였나이다."

하니 황후께서 더욱 즐거워하시며, 태자와 시랑을 데리고 종일 즐긴 후에 석양
에야 겨우 자리에서 일어서시며 말씀하신다.

"빨리 신행*하라."

"하루 빨리 신부를 데려다가 부모님께 영화를 보이겠습니다."

태동의 대답에 황후 더욱 크게 기뻐하며 말씀하신다.

"내 말 또한 그 뜻이로다."

며칠 후 부원군이 날을 받아 왕렬부인을 시댁으로 데려왔다. 부인이 예를 갖
추어 시부모님을 뵈오니 부원군과 정렬부인이 보석같이 사랑하시어 별궁을 새
로 지어 왕렬부인을 거처하게 하셨다. 한림은 낮이면 나라 일을 돌보고 밤이면
학문에 힘쓰니 높고 낮은 관리와 백성이 칭찬하지 않는 사람이 없었다.

그럭저럭 한림의 나이 스무 살이 되었다. 천자께서 한림에 대한 평판과 사람
됨을 조정 신하에게 물으신 뒤, 하루는 심 학사를 들게 하여 말씀하셨다.

"짐이 들으니 경의 명성이 자자하고 올바른 몸가짐으로 온 나라에 본보기가
된다고 하니 어찌 벼슬을 아끼리오."

곧바로 품계를 올리시고, 이부 상서 겸 태학관을 시키시고
태자와 함께 공부하라 하시고, 그 아버지를 품계도 올려 남평
왕에 봉하시고 정렬부인 안씨를 인성왕후에 봉하시고, 상서
의 부인은 왕렬부인 겸 공렬부인에 봉하시니, 남평왕이며 상
서와 인성왕후가 모두 임금의 은혜에 깊이 감사드리며

"우리가 무슨 공이 있다고 이토록 큰 벼슬을 하는가?"
하고 밤낮으로 임금의 덕을 칭송하며 지냈다.

이 때 남평왕의 나이 팔십인데, 우연히 병을 얻어 자리에
눕더니 온갖 약이 효험이 없다. 황후의 어지신 효성과 부인
의 착한 마음으로 오죽 간호를 잘했으랴마는 죽을 사람을 살

신행(新行) 우리 나라 전통 혼례에서 결혼식을 위하여 신부가 신랑집으로 가거나 신랑이 신부집으로 가는 일. 대개 신랑집에서 혼례를 올리므로 신랑이 신부집으로 가지만 신부집이 가난하면 신부를 데려다 혼례를 올리기도 하였다. 여기서는 신부집에서 혼례를 올린 뒤 신랑이 신부를 데리고 집으로 돌아오는 것을 뜻한다.

백오

릴 방도는 없다. 자리에 누운 지 이레 만에 세상을 버리시니 온 집안에 슬픔이 끝이 없고, 황후 애통하시어 천자께 아뢰니 천자 황후를 위로하여 말씀하신다.

"인간이 여든 살까지 사는 것은 예부터 드문 일이라 했으니 지나치게 슬퍼하지 마시오."

또한 명을 내리시기를,

"명릉 후원에 왕의 예우로 안장하라."

하시고, 황후는 삼년상을 마치겠다고 하신다.

부원군이 젊어서 고생하던 일을 생각하면 무슨 한이 있으리오.

어화, 세상 사람들아, 예와 지금이 다를쏘냐. 부귀영화 누린다고 부디 사람 괄시 마소. 기쁨이 다하면 슬픔이 오고 고생 끝에 낙이 오는 것은 사람마다 있느니라. 심 황후의 어진 이름 길이길이 전해 오더라.